CONFISSÕES DE UM FUMANTE

Jamine Bedram
(Pelo espírito Leonardo)

CONFISSÕES DE UM FUMANTE

1ª Edição

Editora Letramento
Belo Horizonte
2013

Copyright© 2013 by Jamine Bedram

EDITORES
Gustavo Abreu e Cláudio V. C. Macedo

FICHA TÉCNICA

Produção Editorial
Editora Letramento

Revisão
Cláudio Lúcio Firmo da Silveira

Projeto gráfico e diagramação
Bruno Marques Oliveira

Capa
Bruno Marques Oliveira

821.134.3(81)	Bedram, Jamine.
	Confissões de um fumante / Jamine Bedram. – Belo Horizonte: Editora Letramento, 2013.
	84 p.
B413c 2013	ISBN: 978-85-63035-38-7
	1. Literatura Brasileira. 2. Drogas. 3. Fumante. 4. Cigarro. 5. Vício. 6. Tabagismo. I. Bedram, Jamine. II. Título.

Fica elaborada por: Reinaldo Cândido da Costa – CRB6-3014

Este livro foi editado respeitando as novas regras ortográficas.

TODOS OS DIREITOS RESERVADOS.
Não é permitida a reprodução desta obra por qualquer meio, sendo a violação dos referidos direitos crime punível com pena de multa e prisão na forma do art. 184 do Códigos Penal. O mesmo se aplica às características gráficas e editoriais.
A Editora Letramento não se responsabiliza pela originalidade do conteúdo desta obra, sendo esta de responsabilidade exclusiva do autor, assim como do que dela impingir aos seus leitores.

Editora
LETRAMENTO

Impresso no Brasil
Printed in Brazil

"Os nossos maus instintos resultam da imperfeição do nosso próprio Espírito e não da nossa organização física; a não ser assim, o homem se acharia isento de toda espécie de responsabilidade. De nós depende a nossa melhoria, pois todo aquele que se acha no gozo de suas faculdades tem, com relação a todas as coisas, a liberdade de fazer ou de não fazer. Para praticar o bem, de nada mais precisa senão do querer".

Kardec, Allan.
O Evangelho Segundo o Espiritismo. FEB, 112ª edição. 1996.

PREFÁCIO

Queridos amigos leitores;

Todos os dias, amigos que trabalham para o Cristo buscam trazer mensagens de alerta, força, fé e superação das dificuldades. Eis aqui uma importante contribuição para todos os que estão encarnados nesta Terra e que temos o prazer de apresentar para vocês.

Quando dentro de nosso corpo físico, nossa visão torna-se, por vezes, obscurecida. Mas falo da visão da Verdade! Aquela Verdade que Jesus nos ensinou: "Amarás ao Senhor teu Deus de todo o teu coração, de toda a tua alma, e de todo o teu entendimento. Este é o grande e primeiro mandamento. E o segundo, semelhante a este, é: Amarás ao teu próximo como a ti mesmo". Mateus 22:37-39.

Se seguirmos esse caminho, estaremos cumprindo com toda a Lei e seguindo em direção à paz!

Mas essa Verdade é esquecida por nós, principalmente quando nos deparamos com uma sociedade, no mínimo, indiferente – para não dizer massacrante – para com os sentimentos do próximo!

A mídia, em todas as suas formas, invade as mentes das pessoas invigilantes e subjulga seus pensamentos, implantando ali ideias erradas sobre a vida e sobre prioridades. Ela estimula nossas sensações físicas e, quando deixamos, ela nos domina e sobrepuja os sentidos.

Tristemente vemos isso acontecer todos os dias, com pessoas muito jovens, quase crianças, e até com adultos! E assim eles se tornam prisioneiros dos sentidos inferiores e, para saciar seus desejos loucos, muitas vezes se valem de substâncias químicas tóxicas, as drogas – ilícitas ou não.

O terrível mundo das drogas proporciona prazeres, fugas e euforias ilusórias e transitórias, funestas e arrasadoras.

Com isso, nossas crianças, jovens, adultos e idosos deterioram o valioso vaso carnal com substâncias venenosas, trazendo destruição para a vida deles e de todos os que os cercam.

Como ficamos tristes e impressionados com a quantidade de vidas destruídas pelas drogas! Quantos jovens enlouquecendo! Quantos pais e mães desertando do lar! Quantos órfãos! Quantos pais perdendo os seus filhos!

Esse singelo e instrutivo relato de nosso querido amigo Leonardo nos mostra de forma clara como as drogas – em especial o cigarro – influenciam as pessoas encarnadas e desencarnadas.

É um aviso, principalmente, aos irmãos viciados no fumo, que demonstra as consequências do vício abraçado inconsequentemente.

Que este livro possa trazer para todos os que se encontram perdidos no lodo das drogas o despertamento que necessitam e que Jesus nos guie, a todos, misericordiosamente em Sua direção.

Com fé, força de vontade, perseverança, coragem e paciência, qualquer vício poderá ser vencido. E aqueles que buscam a libertação vão ser, certamente, auxiliados pelos abnegados trabalhadores do Cristo.

Nunca estamos sós. É da Lei que o Amor e o Bem prevaleçam sempre.

Coragem, amigos, pois estamos com vocês, amparando sempre que nos chamarem!

Que a paz seja estabelecida em nossos corações e a coragem ganhe mais força com a leitura deste livro, relato sincero que pode ajudar muito em nossa evolução.

Luiz Sérgio

SUMÁRIO

Capítulo 1
Transpassando a vida 11

Capítulo 2
O reino que eu encontrei 14

Capítulo 3
O resgate 17

Capítulo 4
Recuperação 22

Capítulo 5
Esclarecimentos 28

Capítulo 6
O tratamento 35

Capítulo 7
Aprendizado 38

Capítulo 8
Preparação 44

Capítulo 9
Missão 47

Capítulo 10
Trabalho 56

Capítulo 11
Lições preciosas 62

Capítulo 12
Amparo 65

Capítulo 13
Em busca da recuperação 69

Capítulo 14
Reerguer 76

Capítulo I
TRANSPASSANDO A VIDA

> *"Mas, ah! nesses mundos, ainda falível é o homem e o Espírito do mal não há perdido completamente o seu império. Não avançar é recuar, e, se o homem não se houver firmado bastante na senda do bem, pode recair nos mundos de expiação, onde, então, novas e mais terríveis provas o aguardam... (Santo Agostinho. Paris, 1862)".*
>
> Kardec, Allan. O Evangelho Segundo o Espiritismo. FEB, 112ª edição. 1996.

Eu não tinha ideia do que aconteceria em seguida. Estava mal, muito mal. O tumor me devorava as entranhas, e eu sabia que iria morrer logo.

Mas eu tinha muito medo e me agarrava à vida loucamente com a força que me restava.

De um salto, a ideia do que ocorreria após a morte começou a me invadir. Meu maior medo era o nada, mas desaparecer era melhor do que a tortura eterna dos infernos.

Não havia sido uma pessoa que se possa considerar "boa". Traí minha mulher e, por vezes, descuidava da criação de meus filhos. Era um pai ausente, apesar de amar a minha família.

No trabalho, nem sempre fui honesto, mas trabalhei com afinco e dedicação. Contribuía, mensalmente, com algum dinheiro para uma instituição de caridade, mas, eu o admito: fazia muito mais como descargo de consciência.

Assim, não poderia ser considerada uma pessoa má, tampouco boa.

Porém, a doença me levava a reflexões mais aprofundadas sobre a vida que levei.

Minha família se revezava no hospital, e eu já me sentia como um peso para eles. Não obstante, tinha medo da morte e teimava em me manter vivo, um espectro de gente.

Por vezes, sentia-me flutuar pelo quarto, o que era um alívio para as dores que me consumiam. A sensação de estar fora do corpo me dava certo alívio, o que eu achava ser efeito dos remédios fortíssimos que me eram ministrados.

Passava os dias com a sensação de estar meio dentro, meio fora de mim. Aparentava sono profundo, mas estava bem atento a tudo o que acontecia ao meu redor.

Não me aventurava, nesses momentos, a sair de perto da minha cama e de meu corpo que estava ali deitado, pois ouvia vozes assustadoras chamando pelo meu nome, acusando-me de ter desperdiçado a vida, principalmente por causa do cigarro. Por vezes, via vultos à porta do quarto, o que me deixava ainda mais nervoso. A nicotina fazia-me muita falta e eu, mesmo sabendo de alguma forma que eu estava fora do corpo, tentava sair do quarto para buscar um cigarro, mas, ante os gritos de suicida, eu tentava voltar ao corpo assustado e rapidamente, o que causava certa pane em todos os aparelhos que estavam ligados a mim e, logo, apareciam enfermeiras e médicos de todos os lados, afobados.

De qualquer forma, eu me recusava a morrer. Meu corpo ia deteriorando-se aos poucos, e minha família já ansiava por ver-se livre do fardo que lhes pesava.

Certo dia, à revelia de meus esforços, os aparelhos acusaram uma parada cardíaca causada principalmente pela pouca oxigenação no meu sangue, da qual não mais voltei.

Tudo era estranhíssimo, pois, ainda assim, sentia-me ligado ao meu corpo, que aquirira uma tonalidade azul arroxeada.

Eu estava em pânico. Via-me de pé ao lado do meu corpo, com a pele tão azulada quanto à dele.

Levaram-me ao funeral e nada podia ser pior. Enterrar-me-iam vivo? Eu estava vivo? Eu estava ali, mas reconhecia que corpo idêntico estava no caixão, o que me desconsertava.

Gargalhadas agourentas vibravam em meus ouvidos, enquanto eu ouvia as pessoas comentando abertamente com outras sobre minha vida e morte. Onde estava o fim? O nada? A consciência pesava-me ao ver minha esposa cuidando de tudo ao lembrar-me do episódio do adultério que cometi. Estava arrependido. E completamente confuso. Não sentia fome, nem sede. Mas a vontade de fumar enlouquecia-me, e, junto com as vozes que se tornavam cada vez mais estridentes, fui enlouquecendo até que perdi os sentidos.

Capítulo 2
O REINO QUE EU ENCONTREI

"... mas os filhos do reino serão lançados nas trevas exteriores; ali haverá choro e ranger de dentes". (Mt. 8. 12)

A partir daí, entrei em um pesadelo sem fim. Por vezes, tinha a tenebrosa sensação de estar sendo devorado por vermes e insetos, sentia o cheiro nauseabundo de carne putrefata, mas não conseguia permanecer consciente por muito tempo. Vivia um verdadeiro filme de terror.

Sabia que o meu corpo não tinha mais sua forma inicial. Estava azulado e com várias perfurações.

Um dia, de repente, já não me encontrava mais perto do que foi meu corpo, apesar de me ver em um outro idêntico. Nos períodos em que estava mais consciente, sentia fome e sede, mas a dependência do cigarro angustiava até as fibras mais íntimas do meu ser.

Olhei ao meu redor e vi os companheiros de desdita. Eram pessoas de várias idades e sexos, mas todas com aparências iguais ou até piores do que a minha. Unhas – já crescidas, como garras – e lábios arrocheados, a pele azulada. Nossa aparência chegava a me assustar.

O ambiente em que me encontrava era sufocante, pois exalávamos o odor do cigarro, mas esse mesmo odor que sufocava nos acalmava levemente a falta causada pela dependência.

Assustei-me com minhas ânsias por cigarro, pois não me considerava um viciado. Fumava, dizia eu, socialmente.

Por vezes, via monstros nos chamando de suicidas, algo que me deixava deveras assustado, pois me agarrei à vida o máximo que pude.

Então, entendi que havia morrido e que ali só poderia ser o inferno. Então, o inferno realmente existia! Exclamava eu, mais como uma pergunta, dentro de minha mente.

Nunca fui religioso, nem ateu. Não fui bom cristão. Admitia que Deus existia sem me ater a maiores detalhes. Durante a vida, menos ainda me importava com assuntos de vida após a morte, assunto que achava tedioso e brega.

Mantinha-me alternando entre a consciência e a inconsciência naquele ambiente quente e sufocante.

Não sabia dizer se era dia ou se era noite, pois não havia sol onde eu me encontrava. Uma luminosidade avermelhada emanava de algum lugar, e isso era tudo o que luzia por ali.

Eu estava no chão. E estava há tanto tempo que me sentia colado a ele. No mesmo chão, milhares de outros estavam também deitados, gemendo, xingando ou implorando por um cigarro. Não havia vegetação alguma. Era uma terra seca, dura e tóxica como nós mesmos éramos.

Monstros nos pisoteavam, por vezes, em busca de alguém. Ao encontrar o que procuravam, levavam o infeliz, que se debatia entre gritos. Encolhíamos de medo ante a presença desses "monstros", que possuíam como que uma fumaça negra a envolvê-los, enormes, e que nos impediam de ver suas feições.

Algumas vezes, porém, meus olhos acostumados com a escuridão divisavam focos de luz azul clara, quase branca, que quase me cegavam. Quando a luz se apagava, muitos companheiros de desdita haviam desaparecido, restando somente o lugar vazio que ocupavam na terra, mas que logo eram preenchidos por outros que chegavam, sempre muitos. Éramos tantos que parecia que o chão era formado por uma massa viva de seres humanos deploráveis.

Nos poucos momentos de lucidez, analisava o local onde me encontrava. Era ermo e havia várias cavernas semisubterrâneas, escuras, completamente negras, onde eu via serem mantidos seres completamente estranhos para mim, posto não possuírem a forma humana e nem de nenhum animal que eu conhecia. Pareciam grandes ovos gosmentos dos quais emanavam pensamentos ainda mais inferiores que os nossos. Ao prestar atenção neles, via que seus pensamentos não caminhavam em forma linear, mas em círculos em torno de uma mesma ideia destrutiva. Naquele local, em geral, eram pensamentos de tristeza e necessidade do nefasto cigarro que ocupavam suas mentes. Não tinham momentos de lucidez, como eu.

Não fossem os pensamentos que eles emanavam, com uma energia escura, que eu conseguia perceber, não sei como, imaginaria que eles seriam alguma criação dos monstros para o mal. Mas não, parecia que tinham uma mente humana, doentia. Os monstros sempre vinham em busca dos ovos em agonia, como eu os chamava. Estes ovos eram colocados nas cavernas e, muitas vezes, monstros vinham pegá-los e eu sentia pena deles. Quais seriam os motivos dos monstros para levar com eles seres em tanto sofrimento? Não o sabia.

Não tenho, ao descrever-lhes o local onde me encontrava naquele momento, nenhuma intenção que não o conhecimento do que pode ocorrer-nos após a "morte", pois a ignorância, mais do que tudo, é o que nos leva a sítios como esses.

E o tempo se esvaizava sem que eu tivesse a menor noção dele. Tudo o que eu escutava eram choros, lamúrias e imprecações.

Não aguentava mais me arrastar pelo chão no meio de tantos outros corpos azulados e putrefatos, com o odor fétido do cigarro. Estava cansado. Muito!

Um dia como os outros, pois perdera a noção de tempo, ocorreu o estranho e maravilhoso fenômeno dos focos de luz que já lhes descrevi, e, em meio à luz que quase me cegava, consegui divisar o que pensei ser um anjo.

Seus límpidos olhos azuis me transpassaram a mente e, em meus pensamentos, supliquei-lhe, por Deus, que me tirassem dali.

Em milésimos de segundos, vi o dono aquele olhar, transbordando compaixão, bem ao meu lado. Tomou-me em seus braços e desfaleci em um sono sem sonhos.

Capítulo 3
O RESGATE

"Regozijemo-nos, porque este meu filho estava morto, e reviveu; tinha-se perdido, e foi achado". (Lc 15. 23-24)

Ao acordar, vi-me em um leito limpo, como nem me lembrava haver, em um ambiente mais purificado em relação ao que me encontrava anteriormente. A iluminação era fraca, uma penumbra. Porém, a penumbra reinante era de um tom avermelhado, com pontos de luzes verdes e brancas, brandas, clareando o local onde também havia vários outros leitos.

De repente, as dores que senti em minha doença e morte tomaram conta de mim, totalmente. Eram dores lancinantes que sentia em minha garganta e pulmões. Eu só não gritava porque mal conseguia respirar.

Quase imediatamente me vi cercado por três enfermeiros que começaram a me tratar. Não entendia direito o que acontecia, mas era um tratamento diferente de tudo o que já me lembro de ter visto.

Um deles, rapaz alto, claro, cabelos e olhos castanho-claros como mel, emitia de suas mãos uma luz intensa que atravessava meu tórax e chegava a meus pulmões, cinzas e petrificados após tanto tempo em contato com o cigarro, tanto em vida quanto depois da morte, como que buscando dar-lhes vida novamente.

O outro parecia mais um pouco mais velho do que o primeiro. Tinha os olhos azuis penetrantes e cabelos negros. Reconheci nele os olhos da pessoa que me resgatou. Ele também emitia luz intensa que saía da palma de suas mãos e iam diretamente para a minha garganta, o que fez com que eu conseguisse aspirar um pouco de ar. Este, então, virou-me de lado na cama para eu não me afogar, pois, assim que senti minha garganta se abrir, vomitei desesperadamente um líquido escuro, fétido, viscoso. Limparam-me, acomodaram-me sentado no leito, fraco demais até para pensar, e então a terceira pessoa se acercou de mim.

Era uma mulher também de branco, como os outros dois, que me pareciam enfermeiros. Mas ela tinha uma energia diferente, uma pureza, não sabia precisar o que era. Parecia que brilhava, alva. Então, ela se aproximou de meu rosto retorcido e, calidamente, soprou em minhas narinas.

O que senti foi impressionante. Ao contato com esse sopro renovador, uma paz que nunca lembrei haver sentido tomou conta de mim. Respirei. Adormeci novamente, mas, desta vez, tranquilo como um bebê.

....

Não sei quanto tempo fiquei adormecido; mas, ao acordar novamente, não foi tão apavorante quanto da vez anterior. Eu respirava muitíssimo fraco, o que me deixava tonto. Olhei para meu braços e mãos, e eles continuavam tão azuis quanto antes. Talvez menos arroxeados. Eu parecia que havia me pintado com tinta.

Então, olhei ao redor e percebi que nos outros leitos havia pessoas bem parecidas comigo em seus sintomas. Falta de ar, murmúrios fracos implorando um cigarro. Todos exibiam peles de tons azulados. Só então percebi que aquilo era muito estranho. Parecíamos saídos de alguma festa de carnaval. Nunca havia visto tanta gente com a pele azul. E olhos esbugalhados e avermelhados, como que irritados com a fumaça que havia no ar. Sim... Parecia que exalávamos o mau cheiro do cigarro.

Ao lembrar do cigarro, veio-me ânsia urgente pelo mesmo. Perambulei com o olhar desesperado em volta e, ao fixar o ponto de luz verde, a ânsia foi imediatamente aliviada, ainda que apenas o suficiente para me manter consciente.

Alguém gritou. Ao desviar meu olhar do ponto de luz, fui tomado pelo desespero e perdi a consciência.

A partir de então, debatia-me entre a lucidez e a loucura; consciência e inconsciência.

Nos momentos de consciência, conseguia perceber os cuidados que me eram administrados regularmente, assim como a todos que ali se encontravam; lugar que me pareceu uma ala hospitalar, bem peculiar, diferente dos hospitais que conheci na Terra.

A falta de ar e a agonia que ela gerava era uma constante, como também era contínua uma dor forte no peito. E ainda assim, às vezes, pedia um cigarro a qualquer pessoa que passasse por mim.

Não tinha noção do tempo por que estava passando no ambiente daquele hospital, que, mais tarde, vim a saber ser chamado de Câmara Retificadora, na ala específica dos que chegaram ao mundo espiritual como autocidas através da aspiração viciosa de gases tóxicos emanados da combustão do cigarro. Um verdadeiro suicídio, como entendi. Só então entendi o porquê dos gritos acusatórios de suicídio enquanto estava perdido no Vale das Sombras.

Apesar de haver melhorado um pouco, ainda inspirava grandes cuidados.

Já conseguia conversar, com voz rouca, grave e fraca. Meu sistema respiratório estava quase totalmente destruído, e mal podia respirar. Foi o sopro "mágico", como nomeei na época, da desvelada e abnegada trabalhadora de Deus que fez com que meu mecanismo respiratório voltasse a funcionar aos poucos. Era o que mais me aliviava, e a todos os pacientes me parecia a mesma coisa.

Porém, sempre antes de me ser ministrato o precioso tratamento, os dois outros enfermeiros impunham suas mãos sobre minha garganta, traqueia, faringe, laringe e pulmão. Após instantes de emitirem a luz intensa, com tonalidade verde-azulada diretamente sobre mim, vinha o vômito agoniante pela boca e nariz, pois era necessário que expelisse os tumores e o concentrado de gás carbônico e de milhares de substâncias extremamente tóxicas que havia em mim e que saíam aos borbotões como um caldo escuro e malcheiroso que os dois enfermeiros limpavam com boa vontade impressionante, antes que me afogasse em agonia. Somente depois, o sopro "mágico" vinha trazer-nos vida.

Quando conseguia falar, suplicava pelo cigarro como se ele fosse a única salvação para tanta angústia.

Eu não percebi naquela ocasião, mas a ala em que me encontrava era inteira fechada, sem janelas, e toda ela ressendia ao fétido hálito de fumantes. A atmosfera do local era toda impregnada com tal odor que exalada de nossos corpos viciados e doentes. Ao mesmo tempo, este mal cheiro era o que aliviava nossa angústia de viciados.

Minha consciência já permanecia mais em lucidez do que perdida em devaneios. Meu desespero por cigarro ia diminuindo lentamente. Começava a sentir arrependimento pungente por ter-me resvalado nesta locura com o cigarro. E o que era mais irônico: até adoecer, sempre me gabava de fumar apenas para me acalmar das atribulações da vida e que eu poderia parar quando quisesse. Ledo engano! O quanto de sofrimento que gerei para mim mesmo é impossível descrever com toda a fidelidade e, por conseguinte, inimaginável para quem não passou por isso. E não me poderia escusar dizendo que não sabia dos malefícios do cigarro, pois estava ciente de seus efeitos sobre corpo humano.

Revia mentalmente momentos de minha vida, e isso me deixava com grandes remorsos. Lembrava das inúmeras vezes que fui a bares e restaurantes com meus colegas e, principalmente após ingerir bebidas alcoólicas, imediatamente acendia um cigarro. Íamos conversando sobre trabalho e outras amenidades e, ao final, eu já havia consumido todo um maço de cigarro. E o que é pior: tinha feito alguns colegas não fumantes se envenenarem também, passivamente inalando a fumaça tóxica que acreditava acalmar-me e ser algo até charmoso.

Corroía-me o fato de ter traído minha esposa uma vez, com alguém que tinha o mesmo vício que eu – e que, na época, não considerava vício. Minha esposa sempre me alertava sobre o que o cigarro podia causar-me, e isso me irritava. Mas, a traição foi rápida, efêmera. A amante que considerava entender-me era ainda mais viciada e, por incrível que possa parecer, seu mal hálito e dentes amarelados me afastaram dela.

Arrependia-me muito, pois minha esposa sempre foi cuidadosa e zelosa comigo, buscava sempre o meu bem-estar antes mesmo que o dela.

Minha responsabilidade pelos danos que causei a minha família eram grandes e inegáveis. E também aos amigos que, para conversar comigo, deveriam suportar as baforadas que tranquilamente soltava, poluindo o ar à minha volta. O ar que Deus fez tão puro, eu o maculava, envenenando-o.

Quando me pediam para apagar o cigarro durante uma conversa, ou em uma festa ou em uma reunião, logo *jogava* na cara de quem quer que fosse parasse com frescuras. A este pedido respondia rudemente que os incomodados que se sentissem livres para se retirar. Cheguei à conclusão de que fumantes, em geral, são muito mal-educados, mesmo que só pelo fato de os obrigar às toxinas que eu soltava no ar.

Por vezes, no leito daquele hospital, lembrava-me do filho caçula, que não contava mais de cinco anos de idade, a chegar até mim com os olhos cheios de lágrimas pedindo para que não fumasse mais, pois eu já apresentava uma tosse rouca regularmente. Repeli o pedido com um gesto de desprezo, dizendo que ele não entendia a carga de minha vida. Que me deixassem em paz!

Ai de mim! Quão tresloucado e desventurado fui! Se soubesse que, além da terrível quantidade de doenças que o cigarro poderia causar-me – inclusive a longo prazo, pois mesmo que se parasse de fumar, meu organismo poderia já ter sido afetado irremediavelmente em algum aspecto e que se manifestaria talvez anos após a época do vício – o cigarro também me adoeceria a alma, talvez tivesse pensado melhor antes de mergulhar irresponsável e loucamente no vício odioso que me causava agora os piores tormentos que lembrava haver passado em minha vida! Primeiro no vale imundo, com seres monstruosos, praticamente incapaz de respirar por um período que me pareceu séculos, sendo pisoteado, torturado e também analisado pelos seres malignos que manipulavam aqueles que já haviam perdido totalmente a capacidade de raciocinar como um ser humano. Esses seres me faziam estremecer a mais íntima das fibras de minha alma.

Depois, o tratamento doloroso, apesar do carinho com que era ministrado, pelo qual estava passando já havia não sei quanto tempo, sem, contudo, ser ainda capaz de sair daquela ala, tendo em vista que o odor que emanávamos me era um vício que não poderia ainda deixar. Não conseguiria, ainda, respirar ar puro sem entrar em grande agonia.

Capítulo 4
RECUPERAÇÃO

"Bem-aventurados os que choram, porque eles serão consolados"
(Mt 5. 4)

Com os cuidados meticulosamente dedicados a mim, fui ficando cada vez mais consciente.

Quando me arrependi de haver-me viciado e de não lutar até o fim para largar o vício, pois achava que não era vício algum, minha mente foi, crescentemente, voltando ao seu lugar.

E, assim, comecei a conversar com aquele que me resgatou do vale de trevas, Leônidas; e descobri não ser ele um anjo, mas sim um espírito que trabalhava para o Cristo. O outro amigo que me tratava, de olhos cor de mel, de nome Diogo, era também um trabalhador do Cristo. O "sopro mágico", que pacientemente me explicaram chamar simplesmente de sopro, é uma forma de tratamento que espíritos muito educados e especializados, purificados, podiam ministrar com grande sucesso, era aplicado em mim por Amanda, acalmava-me e vivificava meu sistema respiratório.

Com o tempo, fui percebendo pensamentos mais claros e conexos. Minha pele estava passando do azul para um cinza médio.

Comecei, por vezes, a sentir-me mal naquele ambiente. Lembrava-me dos jardins de minha casa na Terra e me via preso naquele local sem janelas. Fui deprimindo-me.

Certo dia, Leônidas, condoído de meu sofrimento, após mais um episódio de limpeza em que eu vomitava aquela gosma fétida, após me limpar e me dar passes calmantes – como ele me explicou que se chamavam os movimentos que fazia com as mãos ao aplicar a luz que emanava delas em minha cabeça e no meu peito –, disse-me:

– Amigo, sei que sofre e sei que está arrependido do mal que fez a você e a todos ao seu redor. Mas agora de nada adiantará perder-se em remorsos. Precisamos de sua força de vontade. Desvie seu pensamento do cigarro sempre que se lembrar dele e peça ao Pai para que lhe ajude a se libertar de tão pesadas correntes que atou a si mesmo. Sei que seu tratamento lhe faz sofrer, e eu sofro junto com você nesses momentos. Quero-lhe ver bem; reerguido!

E prosseguiu:

– A alta concentração de gás carbônico no seu sangue é o que o fez ter a caloração azulada em sua pele, que persiste após a morte de um dos seus corpos: o físico e o mais denso. Esse gás carbônico em seu sangue impede que o oxigênio seja levado de forma eficaz a todo o seu corpo, e a falta de oxigenação gera essa cor em sua pele, pois não consegue respirar direito. Agora vive em um corpo espiritual, mas esse corpo, muito mais sensível, sofre ainda mais com os danos causados pelo cigarro. Mas vou pedir-lhe para fazer um exercício mental. Imagine, sempre que puder, seu corpo purificado. Sem nenhum gás tóxico ingerido no passado. Pense em pureza! Você vai melhorar muito mais rápido, acredite! Sua mente possui imensos poderes que você desconhece.

E como eu o respondesse apenas com as minhas lágrimas, ele disse: "Façamos juntos a prece que Jesus nos ensinou".

Após a prece, um imenso alívio tomou conta de mim, e tombei, exausto, em meu leito.

Desde este dia, comecei a suplicar a Deus que me perdoasse os desvarios e que me ajudasse a melhorar para que pudesse desfazer o mal que fizera a mim mesmo, para com os meus e para com Ele, destruindo, impiedosamente, toda uma vida de oportunidades que perdi por causa da doença, fruto de meu vício.

E, a partir de então, o tratamento me pareceu piorar. Sofri imensamente, pois meus vômitos se tornaram mais intensos, e os tumores começaram a se desmanchar com muito mais velocidade. Depois das crises, Leônidas e o enfermeiro com olhos cor de mel – Diogo – limpavam-me com rapidez, pois agonizava sufocado. E, então, vinha

Amanda com seu sopro, curar meu corpo espiritual, como eu já havia aprendido e aceitado. Afinal, fui testemunha de minha própria morte. Não havia como negar.

Passados vários dias, a coloração azul cedeu ainda mais, e minha pele encontrava-se acinzentada. Eu era o retrato de um morimbundo esquálido, o que já representava, porém, enorme avanço.

Afeiçoei-me a Diogo e a Leônidas, por realizarem um trabalho tão caridoso comigo e com os outros pacientes, posto que, com certeza, era extremamente desagradável ter que respirar aquele ar poluído, mais ainda ter que limpar tantos vômitos tóxicos. Nunca notei em seus rostos nenhum resquício de nojo ou enfado. Apenas compaixão e encorajamento.

Foi com satisfação que eles me convidaram, após receberem autorização devida, a dar um passeio por um jardim fechado, como um jardim de inverno, que havia dentro de ala hospitalar próxima.

Com ainda maior satisfação aceitei. Já há algum tempo ansiava por sair de lá, ver algo que não fossem as tristes cenas que naquele local se desenrolavam.

Eu estava muito frágil e qualquer passo me deixava sem fôlego. Mas graças a Deus e a seus abnegados trabalhadores, o meu sistema respiratório, apesar de fraco, já havia voltado à vida e a funcionar corretamente.

Cambaleante, mas feliz, apoiado nos ombros de Diogo, fui caminhando em direção à porta de saída daquele local fechado e malcheiroso.

Andamos por alguns corredores, e Leônidas ia alegremente me explicando o que funcionava em cada ala pela qual passávamos.

Estávamos no subterrâneo do hospital, e havia várias alas de retificação especificamente para atender aos desencarnados pelo fumo.

No entanto, íamos caminhando de forma ascendente, quando, ao passar por uma porta, encontrei-me em um belíssimo jardim.

Quando meus olhos se acostumaram com a claridade, pude ver o local em detalhes.

Era um jardim enorme, iluminado pela luz do Sol, porém filtrada por uma cúpula de vidro que formava o teto, deixando a luz branda.

Lindas plantas, quase totas brancas, clareavam e perfumavam o local, como não via há muito tempo.

Não aguentei e caí de joelhos em lágrimas, agradecendo a Deus por me permitir este momento.

Meus amigos me ajudaram a sentar em um dos alvos bancos, junto a uma fonte de água cristalina cujo som acalmava o coração. Tudo para mim era deslumbramento. Após tanto tempo na escuridão, aquilo era como entrar em um mundo novo.

Após me acalmar, perguntei aos meus atentos companheiros por quanto tempo eu havia ficado na escuridão.

– Dezessete anos e três dias – respondeu-me Leônidas. E ante meus olhos assombrados, continuou: há 17 anos você desencarnou. Devido ao seu arrependimento e por não haver contraídos ainda outras dívidas que pesassem mais em sua consciência, você pode ser resgatado com essa rapidez.

– Rapidez? Perguntei, ainda mais assombrado.

– Sim, tornou Leônidas. Grande contigente humano que desencarna com o vício do fumo chega a ficar centenas de anos em sítios iguais ou piores ao qual você se encontrava antes de ser resgatado e trazido para cá.

Diogo, com certa melancolia no olhar, disse:

– Infelizmente, muitos não percebem o imenso mal que eles praticam contra o templo divino do corpo físico que lhes foi concedido para sua própria redenção. Transgridem severamente a Lei Universal e, escravos como todo viciado, perdem vários anos de precioso tempo em que poderiam estar trabalhando para sua evolução.

Tocado no mais íntimo do meu ser, pedi perdão a Deus, entre lágrimas, pela minha ação criminosa, pois, quando encarnado, tinha ciência do mal que o cigarro poderia trazer-me e, ainda assim, insisti em meu vício até o aniquilamento do meu corpo físico.

De repente, senti-me completamente arrasado, ao pensar no que teria acontecido com minha família nesses dezessete anos em que estive ausente não só física, mas também espiritualmente. Senti minhas forças faltarem.

Em breve, estava novamente em meu leito, com muito o que pensar e com muitas perguntas a serem feitas.

Ensaiei uma pergunta, mas o ar me faltou. Havia feito grande esforço naquele dia e também me emocionei bastante. Meus dois amigos aplicaram seu tratamento de imposição das mãos, e adormeci.

....

Os dias se passaram, e eu, aos poucos, fui melhorando. Os passeios até aquele belo jardim se tornaram mais frequentes; percebia que a energia do Sol e das plantas me fortalecia.

Lá, eu passava por momentos de grande paz, necessária ao meu espírito doente e culpado. Além da beleza alva e da luz solar filtrada pelo teto para ser amenizada, as flores exalavam um perfume. Isso foi para mim algo incrível, pois percebi que estava recuperando minha capacidade olfativa. Além de tudo isso, uma música suave ressoava pelo ambiente. Tudo ali era paz e nos levava à prece e à meditação.

Os retornos às câmaras dos fumantes passou a ser motivo de melancolia para mim, pois fui percebendo, com mais intensidade, o mal cheiro e a escuridão.

Certo dia, sentido-me mais forte, reuni coragem e pedi a Leônidas que me transferissem para um local mais arejado e claro.

Após consultar a direção do hospital, ele trouxe a notícia, alegremente: eu já estava apto a ser realocado. Porém, precisava entender que a mudança não seria fácil para mim, pois o vício ainda era uma mancha em meu espírito e eu teria, provavelmente, um pouco de dificuldade no início para me acostumar com o novo local.

Feliz, comprometi-me a dar o melhor de mim.

No dia seguinte, fui transportado para um quarto que me lembrava mais um quarto hospitalar terreno, porém, extremamente moderno, com aparatos que não tinha ideia do que seriam.

Ao lado do leito, uma tela sensível monitorava-me o corpo e a mente. A iluminação noturna era esverdeada e, durante o dia, cortinas verdes filtravam a luz solar.

Ao ser transferido, fui informado de que estivera por cinco anos na Câmara dos Ex-fumantes, o que era um tempo, para eles, realmente curto, tendo em vista que algumas pessoas passavam décadas por lá antes que pudessem ser transferidas, e outros, apesar de todos os esforços dos abnegados trabalhadores, saíam de lá direto para uma reencarnação compulsória, pois haviam danificado o corpo espiritual de tal forma que chegaram à loucura, de sorte que apenas uma nova passagem pelo corpo físico poderia ajudar efetivamente. Porém, essas encarnações eram, em geral, breves, pois os defeitos do corpo espiritual são levados para o corpo físico e eles, caso chegassem a nascer, teriam sérios problemas cardiorespiratórios. Tudo isso me foi explicado por Leônidas e Diogo; disseram que minha força de vontade e minhas preces me ajudaram no processo de recuperação.

A princípio, passei dias angustiosos com a falta do odor tóxico com o qual estivera tanto tempo em contato, mas meus amigos (assim eu os considerava) me exortavam a trabalhar a mente e a entender que a origem de todos os vícios era mental e que esses poderiam ser extintos com perseverança e bom direcionamento dos pensamentos. Alguns meses depois, já conseguia caminhar sem apoio e respirar com um pouco mais de facilidade.

Ainda passava por crises de dispneia, dentre outras, bastante angustiosas, mas elas se foram tornando cada vez mais afastadas.

Visitava quase diariamente o jardim para meu fortalecimento.

Capítulo 5
ESCLARECIMENTOS

> *"Amai-vos, este o primeiro ensinamento; instrui-vos, este o segundo. No Cristianismo encontram-se todas as verdades; são de origem humana os erros que nele se enraizaram. (O Espírito de Verdade. Paris, 1860)".*
>
> Kardec, Allan. O Evangelho Segundo o Espiritismo. FEB, 112ª edição. 1996.

Certo dia, estando em meu leito, preso a pensamentos angustiosos sobre a minha família, Amanda veio visitar-me. Eu estava muito inquieto com todo aquele mundo que era totalmente desconhecido para mim até meu desencarne.

Amanda era a dona do sopro renovador. Ela emitia uma aura de amor, compaixão e acolhimento tais, que dela emanava uma luz suave.

Ela se sentou ao meu lado e se dispôs a esclarecer-me as dúvidas.

Emocionado, relatei a ela o local em que fui parar após o desencarne; escutou-me atenta até o fim. Quando terminei, ela carinhosamente me disse:

– Irmão Leonardo, você, quando de posse do seu corpo físico, tratou sua vida com desdém. Sua família, que precisava do seu apoio, foi abandonada por você ainda em vida na Terra.

E prosseguiu:

– Nosso Mestre Jesus sempre nos demonstrou, não só com palavras, mas com ações, que devemos amar ao próximo como a nós mesmos. Devemos amar inclusive nossos inimigos! Sendo assim, quão maior deve ser nosso amor para com aqueles que Deus colocou em nosso lar!

Seus filhos sentiam sua falta e sofriam muito ao ver o pai dando cabo da própria vida, dia após dia, com o cigarro. O que mais sofria era o seu filho caçula, muito ligado a você desde longa data, e você nunca lhe escutou os apelos amorosos, rechaçando-o rudemente.

E, fazendo uma pausa para que pudesse assimilar o que me era dito, continuou:

– Você se afastou de sua esposa buscando uma companhia para seus atos inconsequentes, que você mesmo viu que não daria certo. Sua esposa foi a companheira que Deus lhe deu para que, juntos, pudessem construir um lar, um foco de luz na Terra. E você, criminosamente, adentrou os caminhos obscuros dos vícios, maculando o que há de mais divino na união de duas almas pelo casamento.

Também deixou de amar ao seu próximo quando os obrigava a respirar os gases tóxicos que emanavam do seu cigarro, caso quisessem ficar perto de você. Deixou de amar a si mesmo, quando se envenenava com o fumo e deixou de amar a Deus quando destruiu seu corpo, deixando-o antes do momento em que realmente deveria deixá-lo.

Como pode ver, foi totalmente displicente com o maior de todos os mandamentos, que deve orientar nossas vidas: "Amar a Deus acima de todas as coisas e ao próximo como a si mesmo". Esta é a lei maior que devemos seguir para o nosso bem e para o bem de toda a humanidade.

Nesse ponto da explanação, já estava debulhado em lágrimas, com a consciência a me cobrar pelos males que pratiquei.

Após me fazer beber um pouco de água, Amanda continuou:

– O local em que você se encontrava antes de ser recolhido a este hospital faz parte do que é conhecido como Vale dos Suicidas.

Você sabe que, mesmo na Terra somos atraídos por pessoas com pensamentos e interesses comuns. Após a morte do corpo físico, não poderia ser diferente. Você mesmo foi atraído para lá pelos seus pensamentos viciados, comuns aos das outras pessoas que lá estagiam.

Aproveitando a pausa, perguntei:

– E quem são aqueles monstros? O que queriam conosco? O que eram aqueles seres de forma oval e energia escura que eram mantidos com tanto cuidado pelos monstros na caverna?

– O que você chama de monstros – respondeu – são pessoas como eu e você. Porém, ainda muito distanciados da Luz Divina, trabalham para chefes das sombras. Devido aos seus pensamentos maldosos e cruéis, seus corpos espirituais apresentam algumas deformidades, em maior ou em menor grau. Por isso, algumas vezes, perdem muito da forma humana. Algumas vezes, inclusive, podem assumir feições de animais, que reflete o que lhes vai na alma.

Já o que você chama de seres de formato oval, também são pessoas como eu e você – observando meu espanto, continuou – porém o caso deles é muito sério. Na questão particular do Vale dos Fumantes, após a "morte", alguns atingem um grau de sofrimento tão elevado que, como forma de proteção inconsciente, se voltam em torno de si mesmos, como fetos, regredindo o corpo espiritual de tal forma que ficam com a aparência vista por você. Com a transformação, vivem em um ciclo de pensamentos vicioso e repetitivo, em uma paisagem mental tão forte que praticamente não se dão conta do que realmente se passa à volta, em um processo de auto-obsessão em que suas mentes culpadas ficam presas àquele ciclo de sofrimento. Chamamos-os de Ovoides, devido ao seu formato.

O que os irmãos ainda ignorantes do Bem queriam com vocês e, principalmente, com os Ovoides, já que estes são passivos, era utilizá--los como instrumentos do mal. Alguns ex-fumantes desencarnados, já em estágio de loucura, são levados e mantidos em lares onde há alguma pessoa encarnada fumante ou com tendência a esse vício. Tendo em vista a sua loucura e extrema necessidade do fumo, esses espíritos se acoplam aos fumantes encarnados para absorver junto com eles as emanações do cigarro, além de dificultar bastante que eles deixem o vício. Absorvendo os gases tóxicos junto com os encarnados, eles conseguem uma tranquilidade momentânea e ilusória. Enfim, tornam-se verdadeiros vampiros.

Já os Ovoides, além de poderem ser usados para a mesma função, podem ser implantados no corpo espiritual dos encarnados, como em uma cirurgia em que se coloca um tumor dentro do corpo. Isso gera desequilíbrios tão grandes nos encarnados que pode levá-los a adoecerem gravemente e até mesmo à morte do corpo físico.

Eu estava mudo de espanto. Não acreditava nas coisas hediondas que são levadas a efeito pelos servidores das sombras.

Vendo o meu assombro, Amanda concluiu, dizendo:

– É preciso conhecer, para que possamos defender-nos. Mas não é hora de pensar nisso. Concentre-se em sua recuperação, pois, quando se vir totalmente curado, poderá ajudar-nos a resgatar essas pessoas infelizes, vítimas de si mesmas.

E arrematou:

– Creio que você já está apto a participar de alguns grupos de estudo. Eles irão esclarecê-lo melhor, além de contribuir para a sua recuperação. Agora, devo voltar à Direção, pois há muito a ser feito. Que a paz de Jesus esteja com você.

Após a saída de Amanda, Diogo entrou sorridente:

– Como foi sua conversa com a Diretora deste hospital?

Respondi, ainda espantado:

– Diretora? O que a Diretora faz indo a lugares tão insalubres como a Câmara de Ex-fumantes em que eu estava?

Ao que Diogo respondeu:

– Quanto mais elevado o espírito, maior a sua compaixão com os que ainda sofrem muito. Ela é um exemplo de bondade e humildade. Não bastam palavras! A estas deve-se seguir o exemplo. Amanda é um grande espírito que está aqui por misericórdia.

E eu, pela primeira vez, perguntei:

– E onde estamos?

Ao que Diogo, carinhosamente esclareceu:

– Em um dos hospitais de Maria de Nazaré, localizado próximo ao Vale em que você se encontrava. A Mãe de Jesus e nossa Mãe nunca nos desampara. A proximidade facilita nossa tarefa diária de examinar o Vale e quem já está em condições de ser socorrido.

Quando tentei esboçar novas indagações, Diogo disse:

– Cada coisa a seu tempo. Você já possui muito em que pensar. Agora alimente-se e descanse!

Após tomar nutritivo caldo, adormeci, exausto.

....

Depois de um sono que me pareceu sem sonhos, acordei e, triste, tomei consciência de minha lamentável situação, que só não era pior devido à misericórdia de Deus. Eu tive uma família, afeto, trabalho, vida! Tive uma esposa que me amava, filhos para guiar e dar o exemplo, um emprego que me facultava uma vida digna e o contato com amigos e, quem sabe, a oportunidade de me redimir ante meus inimigos. Mas não! Por alguns centímentro de veneno embrulhado em papel, apesar da advertência no próprio maço, envenenei meu corpo e meu espírito e dei à minha família o pior dos exemplos. Além disso, não apenas me matei, como matei também um pouco de cada pessoa que fazia inalar os odiosos gases resultantes da combustão do cigarro.

Comecei a chorar compulsivamente e pedi perdão a Deus por ter tomado seu tempo e espaço, sem realizar todo o bem que poderia e deveria ter realizado.

Após alguns minutos de prece espontânea, Leônidas chegou até mim com seu abraço amigo e disse que eu já havia despertado.

Por isso, trazia consigo um convite para eu participar de um encontro de estudos que haveria naquela noite.

Aceitei, agradecido, e esperei, ansiosamente, até a hora aprazada.

Ao anoitecer, após escutar formosa prece pela janela do meu quarto vinda dos jardins externos, Leônidas me veio buscar. Ofereceu-me novas vestes, e saí, pela primeira vez, das dependências do hospital.

Deparei-me com uma pequena cidade resguardada por altos muros. A cidade possuía casas, em sua maioria, e apenas alguns poucos edifícios com mais andares. Todas as casas e ruas possuíam lindas flores e jardins e uma iluminação noturna que fazia tudo parecer aconchegante, com o perfume das plantas. No céu, no perímetro da cidade, podíamos ver algumas estrelas. Porém, do lado de fora, tudo era escuridão.

Vendo-me o olhar indagador, Leônidas disse:

– Leonardo, esta Colônia está localizada em um ponto estratégico deste vale. A escuridão impede que seres mal intencionados cheguem até aqui. Mas nós, com equipamentos especiais, conseguimos perscrutar os arredores e até bem longa distância, para sabermos quem já se encontra apto a ser acolhido pela Mãe do Senhor Jesus.

Caminhamos até uma casa de aparência agradável. Ao entrarmos, percebi vários assentos dispostos em semicírculo, ocupados por diferentes pessoas com um mesmo objetivo: esclarecimento e aprendizado. Estudo e evolução.

A certa hora, Amanda, acompanhada de duas pessoas que inspiravam respeito, adentrou o recinto e deu início à reunião.

– Caros amigos! Estamos iniciando, hoje, mais um grupo de amor, disposto a se reerguer do lodo no qual se lançou. Apresento-lhes Inácio e Magda. Eles serão seus tutores, professores, durante o tempo em que este grupo de estudos e autoconhecimento durar.

Fiquei um pouco inseguro, senti que talvez não conseguiria; mas, percebendo-me o sentimento, Leônidas sorriu ao meu lado, como a dar-me forças.

Por vezes, sentia ainda falta de ar e tonturas, mas me silenciava buscando melhorar, reequilibrar meus pensamentos, pois, como o próprio Leônidas me dissera, quando reclamamos de algo, damos força para que este algo fique cada vez pior. Perdemos energia e desequilibramos o ambiente. Más palavras contaminam o ar a nossa volta. E de contaminado já bastava eu.

Inácio se apresentou. Era psiquiatra e iria ajudar aquele grupo específico no aprendizado de que necessitávamos. Apresentou-se com bom-humor e conseguiu tirar vários sorrisos de sua triste plateia, o que desanuviou o ambiente.

Magda era austera, mas emanava grande simpatia e conforto. Tinha vontade de abraçá-la como um filho a uma mãe. Ela seria nossa psicóloga.

Amanda, por fim, disse que ambos os professores aceitaram caridosamente aquela missão temporária junto ao nosso grupo e que todos contavam com nossa boa vontade para alcançarmos a cura de todos.

Em seguida, nossos novos professores explicaram como foi programada a tarefa. Cada um de nós sería submetido a detalhado exame de consciência, abrangendo a vida pregressa e os planejamentos que as antecederam. Estudaríamos ponto a ponto nossas pequenas vitórias e grandes falhas, além de permanecermos em tratamento de recomposição perispiritual, tendo em vista que danificamos gravemente nossos perispíritos, que é como eles chamam nosso corpo após a morte na Terra.

Após explanações detalhadas, ficou combinado que, durante os dias seguintes, passaríamos pelo tratamento e estudo sob a orientação de nossos professores.

Ao saírmos de lá, Leônidas me convidou a breve caminhada pela Colônia para uma conversação saudável.

Expus a ele todas as minhas ansiedades. Primeiro, fiquei surpreso por descobrir que havia, na vida após a vida, médicos diferentes dos que conheci nas Câmaras de Regeneração. Psiquiatras e psicólogos eu conhecia. Isso me confortava. Mas rever os meus erros não seria tarefa fácil. Ao terminar minha exposição, outra voz amiga respodeu:

– Amigo, aquilo que plantamos, colhemos! Deveremos analisar bem a nossa atual colheita, para plantarmos coisas melhores no futuro, certo?

Era Diogo que se juntava a nós, perto de lindo lago, iluminado com fraca luz azulada, que refletia em suas águas e nos passava paz.

Após agradável conversação, fui levado de volta ao hospital para repouso devido às tarefas que me aguardavam nos próximos dias.

Capítulo 6
O TRATAMENTO

"Que cada um se examine a si mesmo, e, assim, coma desse pão e beba desse cálice". (I Coríntios 11, 28).

Ao amanhecer, sorridente enfermeiro veio trazer-me o desjejum, e, depois, levar-me à sala de tratamento.

Fui sentado em uma confortável cadeira anatômica, e os médicos que lá estavam analisaram mais detidamente os danos causados ao meu perispírito. Descobertos os locais danificados, fui submetido a um tratamento com raios luminosos como o laser, mas que recompunham os tecidos sutis danificados, em especial os do meu sistema respiratório.

O método era totalmente desconhecido para mim, mas trouxe grande alívio para minha angústia, pois a regeneração tornava cada respiração menos dolorosa.

Pela tarde, um grupo de quatro pessoas era atendido em conjunto pelo Dr. Inácio e pela Dra. Magda.

Ao chegar a minha vez, meu coração batia descompassado no peito, quase saindo pela minha boca. Ao me ver, Dr. Inácio disse para eu conter o meu coração, caso contrário era bem possível termos todos que sair correndo atrás dele, o que atrasaria os trabalhos. Com isso, descontraímos todos, e iniciamos todos o estudo e o tratamento também.

Respeitando a privacidade e a intimidade de meus companheiros, relatarei, aqui, apenas a minha experiência.

Fui instruído a me sentar em uma posição confortável, fechar os olhos e guiado a olhar para dentro de mim, com os olhos da mente. Devidamente guiado pelos profissionais da saúde da mente, em pouco tempo, já me encontrava em transe, e relatava detalhes da minha vida na Terra que eu mesmo nem lembrava mais. Ao mesmo tempo, o que eu lembrava era plasmado em uma tela, pois a experiência de cada um servia para todo o grupo.

Relatei o início do meu vício. Eu era jovem e, assim que fui amadurecendo, minha consciência, sem que soubesse, começava a me cobrar as atitudes que eu havia comprometido a tomar antes de reencarnar. Mas isso tudo se manifestava de forma tão sutil que me angustiava, sem entender o porquê.

Fui negligente e invigilante, apesar de todos os esforços do bem, da inspiração por espíritos trabalhadores do Cristo, para que eu me mantesse firme. Mas sentia uma angústia que não sabia explicar.

Assim, nos primeiros assédios de forças contrárias à minha evolução, rendi-me.

Experimentei o cigarro, junto com a bebida. No começo, não me interessei tanto, mas era elegante e corajoso fumar entre meus jovens colegas. Ele virou um hábito, com a desculpa de que era apenas para me desestressar de vez em quando. Logo, percebi que seria difícil parar com ele, pois me havia viciado, apesar de jamais assumir tal condição.

Por isso, falava a todos que eu fumava porque queria. Quando não quisesse mais, pararia. Quanta ilusão! Não sabia o quanto de sofrimento iria causar a mim e à minha família...

Voltei do "transe" em que me encontrava, e discutimos longamente os meus relatos, com desculpas tão comuns hoje em dia para quem fuma. Que engano!

Com meus dados em mãos, nossos professores e também médicos esclareceram algo sobre minha vida anterior à que acabava de relatar. Tudo o que falavam aparecia como em um cinema, na tela ao nosso lado.

Naquela vida, eu também fui vítima de mim mesmo, tendo contraído vícios de diversas naturezas. Após o desencarne, juntei-me a grupos que vampirizavam as pessoas em busca da saciedade do vício.

Socorrido após séculos, como um vampiro em graves crises de abstinência, tinha assumido na minha próxima vida terrena, da qual acabara de sair, o compromisso de resistir a qualquer vício e acolher como um de meus filhos um espírito que eu arrastei para a lama do desregramento, vampirizando-o, contribuindo para que ele também contraísse grande dívida consigo mesmo.

Em lágrimas, reconheci, nesse espírito, o meu filho caçula, a quem competia orientar durante a minha vida, reconduzindo-o ao caminho correto, ajudando-o a vencer as tendências aos vícios que ele apresentaria. Porém, dei cabo da minha vida prematuramente, além de afastá-lo de mim sempre que possível.

Em seguida, meus colegas passaram por tratamento semelhante e encerramos o dia de estudos proveitosos a todos, ainda que dolorosos.

Voltei ao hospital cabisbaixo. Agora me recordava de que, enquanto espírito, eu me grudei em um homem específico, encarnado ainda, e estimulei nele, com tanta volúpia, a bebida e o cigarro, que ele não conseguiu resistir e se rendeu aos vícios, perdendo todo o seu dinheiro com isso. Normalmente, sua esposa o encontrava prostrado nas ruas, perto dos bares. No fim, deixou sua família muito triste e em grande pobreza, pois todo o dinheiro que ele conseguia era gasto com bebidas e fumo.

Após seu desencarne, permanecemos jungidos no vício por longos anos. Ele foi acolhido pela Luz, enquanto eu ainda permaneci nos vales ásperos de dor e de sofrimento até que, arrependido, roguei perdão e ajuda a Deus.

Fui amparado e me comprometi a dar àquele que eu ajudei a cair um lar novamente e, desta vez, com boas orientações.

Porém, fali terrivelmente nessa empreitada. Agora, com uma dor pungente em meu coração, perguntava-me como ele estaria hoje. Como estaria toda a minha família hoje...

Capítulo 7
APRENDIZADO

> "... De todas as provas, as mais penosas são as que afetam o coração". Kardec, Allan. (Santo Agostinho. Paris, 1862)".
> Kardec, Allan. *O Evangelho Segundo o Espiritismo*. FEB, 112ª edição. 1996.

No dia seguinte, a luz do Sol nascente ainda me encontrou corroendo-me de remorso.

Sim, eu dizia que fumar não era vício, mas um calmante para o estresse do dia a dia. Dizia que era uma distração para momentos de meu descanso. Deus! Mal sabia eu que "apenas" o cigarro me levaria a tão profundo sofrimento. E por quantos anos! Estive em vales tenebrosos, e na ala dos ex-fumantes do hospital por longo tempo sem dar um único passo adiante em minha evolução espiritual. Ao contrário, estagnei-me na angustiosa abstinência e na degradação do meu corpo espiritual. E os compromissos assumidos por mim antes desta última encarnação não foram cumpridos. Toda uma vida em vão!

Oh, como me dói, hoje, escutar as pessoas falando que possuem esclarecimento espiritual suficiente e que "apenas" o vício do cigarro não causará a elas danos maiores após a morte corporal! Ledo engano! Se não conseguem largar o vício enquanto estão na Terra, no mundo espiritual, as dificuldades serão as mesmas ou ainda maiores.

E, o pior de tudo: qual foi o exemplo que dei aos meus filhos? Qual foi o exemplo que dei ao mundo? Exemplos ruins, por certo. Quantas pessoas influenciei direta ou indiretamente a adquirirem o mau hábito do fumo?

Minhas entranhas se contorciam de arrependimento pelo que fiz, consciente ou sem perceber.

Diogo me levou o desjejum e, vendo-me o rosto contorcido em dor, me afagou os cabelos com a destra e saiu em silêncio.

Logo após, fui levado ao consultório em que o Dr. Inácio estava instalado temporariamente.

Cheguei tristonho. Assim que me sentei, o Dr. começou:

– Leonardo, Leonardo! Pela sua cara feia e suas olheiras, presumo que a noite não foi boa. O sr. está horrível! – Falou-me fazendo um muxoxo.

Sua sinceridade me fez sorrir. Ele continuou:

– Agora está um pouco melhor. O sorriso deixa as pessoas mais bonitas.

Contei a ele minhas preocupações, finalizando com a pior delas: como estaria minha família hoje, após todos esses anos? E o meu filho caçula, a quem mais devia, como estaria? Ao que ele me respondeu:

– Irmão, até que enfim você está pensando em sua família! Isso já é grande avanço, pois o vício do cigarro, como qualquer outro, nos faz extremamente egoístas e cegos. Pensamos apenas em alimentar aquilo que nos dá o prazer ilusório.

E continuou:

– Acredite, eu sei o que você está passando. Já passei pelo vício do fumo e só Deus e eu sabemos o quanto me custou equilibrar deste lado da vida. Ainda bem que eu já tinha certo conhecimento do lado de cá, o que me ajudou. O arrependimento é algo que você precisava de sentir, para recomeçar sua caminhada. Mas não se perca em remorsos sem fim. Ficar acabrunhado, de cara fechada, matutando coisa ruim, não leva ninguém a nenhum lugar bom.

Você deve se arrepender sim. E a partir daí tomar uma posição enérgica para mudar o rumo de sua vida e a daqueles a quem você ama. Sinceramente, um homem deste tamanho chorando eternamente pelos cantos só vai poluir o ar de onde estiver com a energia que sai dos seus maus pensamentos. E, cá entre nós, a poluição de ar é o que menos precisamos agora, certo?

– Sim, Dr. O senhor está certo, mas não consigo parar de pensar em minha família...

– Meu irmão! – Exclamou – De que adianta fechar o seu semblante e demonstrar tristeza a todos os que estão a nossa volta? Porque espalhar tristeza é fácil. Difícil é fazer o certo: estampar um sorriso no rosto, apesar das nossas dificuldades, e fazer o melhor que você puder para mudar a situação. Cá entre nós... Você já fez alguma prece por sua família?

Aquela pergunta me pegou de surpresa. Levei um choque. Afinal, a vítima era eu. Ainda que vítima de mim mesmo... Realmente nunca pensei em preces para eles. Apenas me entreguei ao desespero.

– Pois bem, respondeu o Dr. A partir de hoje, todos os dias, em seu tempo livre, marque um horário certo para pedir a Deus amparo para sua família. Mentalize cada um deles envoltos em uma luz que cura e conforta. Você não sabe o poder que há nisso, que aparenta ser algo simples e lhe pode causar até certa estranheza. Lembre-se do que um dia você estudou. Jesus, em suas pregações, nos disse: "Pedi e obtereis. Bata à porta e ela se abrirá". Lembre-se de pedir, de coração, que em breve você terá a resposta para o que hoje me pergunta. Nosso tempo acabou por hoje, mas tenha mais fé, homem!

Saí de lá um pouco mais aliviado. À tarde me encontraria com a Dra. Magda e pensei em pedir a ela que me ensinasse a fazer uma prece verdadeira. Uma em que eu parasse um pouco de pedir só por mim e pedisse também pelos outros.

E assim fiz.

A Sra. Magda, com seus cabelos levemente dourados e olhos que domonstravam profundidade e enxergavam até meus mais profundos pensamentos, respondeu-me:

– Procure um lugar calmo nesta Colônia, onde você se sinta mais à vontade. Qualquer um, desde que você possa ficar tranquilo. Vejo sinceridade em seu pedido e sei que será escutado. Quanto à prece, você poderia fazê-la em qualquer lugar. Mas como você ainda não consegue por si só viver na eterna paz, que é Deus em seu interior, independente de onde esteja, comece procurando um lugar tranquilo, de preferência junto à natureza. Ela costuma nos acalmar e propicia um contato com Deus dentro de nós e em toda a parte.

E me advertiu:

– Mas não se engane, achando que só pode conversar com Deus em lugares predeterminados, que Deus só o escutará naqueles locais. Ele é onipresente. Está em todos os lugares. Estamos mergulhados em Deus. E Ele está também dentro de você. Assim que você tomar consciência disso, poderá realizar uma prece verdadeira e poderosa em meio a uma multidão em polvorosa, e ela será tão eficaz quanto uma feita junto a um calmo riacho.

E, com sabedoria, ensinou-me:

– Feche os olhos de fora e abra os olhos de sua mente. Reconheça seus erros, mas não se martirize. Coloque-se nas mãos de Deus e peça sabedoria. Peça o mesmo para quem você ama. E peça o mesmo para seus inimigos. Quando se quer o bem, deve-se aprender a querê-lo para toda a humanidade, pois somos todos filhos do mesmo Deus e merecemos perdão e oportunidade de reconstrução. Perdoe-se!

Após estes ensinamentos, Magda iniciou comigo proveitoso ensino sobre a vida de Jesus e seus ensinamentos.

Naquela noite, fui dormir mais tranquilo, mas não sem antes ensaiar um tímido Pai Nosso, que me lembro de haver aprendido há muitos anos, quando criança, por minha mãe carinhosa.

....

A partir daquele dia, um tempo após o almoço, eu comparecia ao jardim, sentava-me em algum banco tranquilo, e orava como podia, buscando seguir as orientações que me eram passadas pelos amigos. Conversava com Deus. Pedia ajuda para me libertar de tudo o que era prejudicial ao meu espírito e, depois, pedia encarecidamente por minha família, em especial pelo meu filho caçula que necessitava de muito amparo.

Fui seguindo, assim, uma rotina de aulas, tratamento e preces. Algumas vezes, Leônidas e Diogo me ajudavam nas preces, acompanhando-me.

A paz ia, aos poucos, fazendo parte da minha vida.

Ao cabo de quase noventa dias, Leônidas veio até mim com alegria, trazendo uma grande notícia: eu havia recebido permissão de saber sobre minha família e uma tarefa junto a eles, para assisti-los, junto a um grupo de tarefeiros que foram destacados para a missão socorrista.

    Alegrei-me, mas a ideia de que minha família precisava de socorro me deixou assustado. Amanda, a diretora do hospital que me acolhia, convidou-me a ir até sua sala.

    Pus-me a caminho. Ao chegar, a porta estava aberta, e ela já me esperava. Entrei e encontrei agradável recinto, de cores amenas. Alguns cristais filtravam a luz solar nas janelas e distribuía cores para dentro da sala, que, por vezes, brilhava como um arco-íris.

    Amanda me ofereceu um copo de água e iniciou a me explicar, em pormenores, a situação de minha família. Assim que começou a falar, mostrou-me tela finíssima como papel, do tamanho de uma folha em branco comum, e imagens da minha família apareceram, umas após as outras, como em um filme.

    Vi a luta de minha esposa para criar nossos filhos e, com tristeza, vi meu caçula começar a fumar como eu. Depois se rendeu à maconha. Tanto por invigilância, que permitia que espíritos viciados se juntassem a ele, quanto pela fraqueza gerada pelos seus vícios anteriores a vida atual na Terra.

    Triste, observei o sofrimento de minha esposa para que nosso filho se afastasse do funesto mundo das drogas, e o vi atolando-se cada vez mais nelas.

    Começou a experimentar outras drogas após o falecimento de minha esposa, como que a fugir da tristeza da perda de seus pais e de suas responsabilidades terrenas assumidas antes de reencarnar.

    Vi-o passando dias seguidos acordado, preso em um inferno mental causado pelo uso do *Extasy* em festas *rave*, com sons frenéticos que hipnotizam as mentes.

    Meu filho mais velho trabalhava e tentava, por muito tempo, ajudar o caçula, mas estava prestes a desistir.

    Graças a Deus, consegui mudar a vibração do meu pensamento e elevá-la. Minhas preces foram escutadas, e foi dada a mim a oportunidade de participar do socorro ao meu filho, o que eu tanto pedi.

Ao cessarem as imagens, perguntei, entre lágrimas, pela minha esposa.

Amanda me respondeu que ela já estava praticamente recuperada da recente desencarnação e repunha suas energias em esfera superior àquela em que nos encontrávamos. Assim que possível, ela se juntaria a nós em nossa missão.

A honorável diretora continuou explicando que iríamos até a crosta terrestre dentro de uma semana, e me pediu muita preparação e prece, pois as densas energias da crosta são traiçoeiras. Disse para que eu mantivesse conexão mental com ela e com meus dois professores, que, certamente, me ajudariam quando eu precisasse.

Agradecido, retirei-me para meditar.

Capítulo 8
PREPARAÇÃO

"Deus não dá uma prova acima de suas forças".
Kardec, Allan. *O Evangelho Segundo o Espiritismo*. FEB, 112ª edição. 1996.

Estudei com afinco as leis e energias que regem o universo. Meus professores e médicos ajudaram-me significativamente, ensinando-me a lei inexorável da ação e reação. Elucidavam passagens dos ensinamentos de Jesus, que iam iluminando o meu entendimento.

Também estudei as orientações de espíritos superiores a respeito das responsabilidades ante minhas obras e família, aprendendo, assim, sobre laços familiares.

Diziam-me que a caridade, como nos ensinou Paulo de Tarso, é realmente a nossa salvação e que uma das maiores caridades é servir. Servir a todos. Ao próximo e a nós mesmos. Devemos nos amar, ter paciência com nossos defeitos e persistência em superá-los. Jamais desistir, pois, como afirmou nosso Mestre Jesus, aquele que persistir até o fim será salvo.

Por isso, devemos ter respeito com nosso próprio corpo: não envená-lo com maus pensamentos, pois estes abrem brechas para a influência de espíritos ainda ignorantes, presos na maldade, que, com o tempo, acabam por arrastar-nos para o abismo de nossas mazelas.

Não devemos poluir o ar à nossa volta com más palavras, de baixo calão. As palavras possuem um poder que eu nem imaginava.

Com uma palavra positiva e saudável, podemos transformar uma situação muito difícil em paz. Pode-se mudar todo um dia e até uma vida, com o poder de boas palavras. Conforme nos ensina um bom estudioso do Cristo, o Miramez, a palavra deve ser proferida com atenção para que ela seja útil e não magoe ninguém.

Devemos colocar todo o amor possível em nossos pensamentos e, daí, para a palavra, pois o amor, através dela, atingirá as pessoas ao nosso redor. Mas atingirá primeiro a nós mesmos, que lhe aproveitaremos o benefício, uma vez que foi por nós proferida.

Fui informado que iríamos para a crosta em número de cinco trabalhadores, contando comigo.

Após uma semana de estudos, meditação e preces, senti-me um pouco mais seguro para a difícil missão que era de minha competência resolver quando eu era encarnado, tendo complicado a situação com meu desencarne prematuro. Agora, era meu dever suportar o que viria e fazer o meu melhor para resolver o que pudesse.

Bendito seja Deus que me proporcionava, ainda, outra chance, mesmo após desencarnado, de buscar reverter ou amenizar o mal que fiz com meus péssimos exemplos.

Tanto Leônidas quanto Diogo se dispuseram a me acompanhar. Mas ficou acertado que Diogo iria com o grupo, e Leônidas assumiria, temporariamente, as tarefas dele para que se pudesse ausentar por um tempo.

No sétimo dia, Diogo me buscou e me apresentou aos companheiros da caravana. Além de nós dois, iriam conosco Mauro, como o chefe daquela tarefa, homem sério e calmo, tendo em vista sua ampla experiência no socorro aos encarnados; Luiza, simpática e reservada, uma enfermeira espiritual muito competente e Érika, magnetizadora, uma excelente doadora de magnetismo amoroso que, já naquela hora, nos envolvia a todos como uma aura de amor maternal.

Após as apresentações e breve conversação amigável, fomos todos até um veículo que eu não conhecia, que nos conduziria até as regiões limítrofes daquele vale de dor, denominado Vale dos Suicidas. A partir de lá, como as energias do ambiente eram menos densas, iríamos volitando até a crosta.

Dentro do veículo, crivei todos com perguntas sobre a tal volitação.

Exclareceram-me, com paciência, que é o meio de locomoção mais utilizado pelos espíritos que se elevam e se transportam pelo ar através das dimensões e lugares que lhe são permitidos, conforme seu grau evolutivo. Assim, um espírito muito apegado à matéria, por ser denso, materializado, não conseguiria volitar ou penetrar regiões superiores sem expressa autorização.

Mauro explicou:

– Leonardo, entendo suas dúvidas. Ao volitar, deslocamo-nos no ar, formando como que um vácuo que nos impulsiona para a frente em grande velocidade, na direção apontada pelo nosso pensamento firme e que claramente desejamos. Assim, a impressão que se tem é a de voo, mas não temos asas, como os pássaros. Logo, chamamos essa forma de deslocamento de volitação. Em geral, não a usamos quando precisamos atravessar furnas de dor e locais de baixíssimo grau vibratório, pois as partículas quase materiais que impregnam o ar torna difícil a locomoção. Porém é possível, nesse nosso caso particular. Mas não a usaremos aqui para evitar perda de energia desnecessária. Por isso, utilizamos um meio de transporte que nos isola do ambiente denso até uma região em que será possível a volitação sem despendermos maiores esforços. É algo que lhe ensinaremos durante nossa missão, para sua independência e até mesmo para sua segurança. Só não vamos utilizar a volitação desde a Colônia porque a região que atravessaremos é não só pesada, de difícil passagem, como cheia de percalços escondidos que só atrasaria a urgente missão.

Para evitar qualquer transtorno, utilizamos o veículo singular, que nos deixou em uma região em que a luz do sol chegava através de uma neblina branca que nos circundava a perder de vista.

A partir dali, demo-nos as mãos e me senti como se uma força nos impulsionasse e, como que voando, amparado pelos colegas, fui sendo levado em direção à crosta de nosso planeta.

Ao aproximarmos da cidade em que vivi, senti-me emocionado. A noite havia apenas caído, e podíamos avistar pequenas luzes tremeluzinho por toda a cidade.

Pegamos o rumo de uma casa simples, situada em uma região próxima a uma favela. Ao chegarmos à porta da casa, fomos recebidos por uma entidade de porte altivo que Mauro cumprimentou alegre. Logo, recebíamos permissão para entrar na casa, que descobri ser um pequeno núcleo espírita que funcionava como uma base para nossa Colônia.

Capítulo 9
MISSÃO

"... tendo antes de tudo ardente amor uns para com os outros, porque o amor cobre uma multidão de pecados." (Pe 4.8)

Fiquei surpreso, pois nunca havia entrado em uma casa espírita antes. Imaginava um lugar estranho onde se faziam coisas bizarras, mas nunca parei para pensar realmente no assunto.

Minha surpresa começou quando tivemos que nos identificar como trabalhadores do Bem para podermos adentrar o recinto. Quando entramos, pude ver que ele era da mais pura simplicidade.

Havia uma sala ampla, uma mesa retangular e algumas cadeiras. Uma toalha amarela, clara, de crochê, enfeitava a mesa junto com um singelo vaso de flores, aparentemente cuidadas com muito carinho, pois estavam bonitas e delas emanava uma graciosa luz azulada, que me passou a impressão de vitalidade.

Na sala, do lado direito, havia uma porta com uma placa simples de madeira onde estava escrito: Passe.

Olhei indagador para Diogo que me explicou rapidamente que "Passe" é a passagem de energia de uma entidade passista junto com uma pessoa para a pessoa que a recebe. Ele trata as pessoas em suas necessidades, chegando até mesmo a curá-las de algum mal que sentem, respeitando sempre o merecimento de cada um. Essa tarefa é acompanhada de perto pelos bons espíritos passistas de elevado magnetismo, trabalhadores do Cristo. Algo parecido com o que ocorreu em um dos meus tratamentos na Colônia.

Sem maiores divagações, fomos até a parte de trás da casa. Lá havia um banheiro, uma cozinha e um quarto simples. Na casa, vivia Alice, uma senhora de cabelos já embranquecidos que tecia crochê no quarto no momento em que entramos. Ao me aproximar, vi que eram sapatinhos de bebê. Quando fiquei muito próximo, ela soltou o trabalho e massageou as têmporas, sentindo minha presença.

Diogo rapidamente me afastou dela e disse:

– Leonardo, precisamos estar sempre em prece, com pensamentos elevados, para que nossa presença seja produtiva e não atrapalhe os que estão na carne, principalmente os que possuem sensibilidade aguçada.

Ao me afastar, Alice voltou ao trabalho cantarolando uma música de louvor a Deus, que fez com que aparecesse ao seu redor uma tênue, mas brilhante aura dourada, que a fortaleceu. Fiquei boquiaberto com a rapidez de sua proteção.

Diogo me explicou que uma prece, seja pensada, falada ou cantada, desde que sentida no fundo do coração, encontra resposta imediata em Deus, que não desampara, absolutamente, ninguém.

Prosseguimos até o pequeno quintal, onde estava uma entidade simpática, que nos cumprimentou. O quintal era bem cuidado. Havia flores e algumas árvores frutíferas.

Observei um gato que descansava em cima do muro. Ao fixar meus olhos nele, levantou lentamente a cabeça, olhou-me por alguns instantes e voltou ao seu cochilo.

Assustei-me, mas Diogo, mais uma vez, me ajudou, explicando-me que a visão dos animais é diferente da dos humanos e que a maioria nos pode ver e ouvir. Lembrei-me da minha infância, quando ia para a casa de campo. De vez em quando, via o cachorro latir insistentemente para a parede e depois sair latindo como doido até a porta da casa. Agora entendia.

Mauro nos apresentou para a entidade que lá estava, Letícia, que descobri ser a mentora ou protetora de Alice, dona da casa. Contou a minha história e nossa missão. Ela chegou até mim e me abraçou. Nesse momento, senti uma onde de calor percorrer meu corpo e meu frágil sistema respiratório se restabeleceu de pronto. Agora não mais iria incomodar os que estão na carne ao me aproximar deles.

Para mim, tudo era assombro! Letícia era uma entidade que emanava um amor tão profundo que quase me levava às lágrimas. Ela colocou a mão direita sobre minha cabeça e disse:

— Confie. Você está pronto para esta missao e sua energia já se encontra em equilíbrio. Não fará mal a ninguém desde que mantenha sempre o pensamento positivo. Você acredita em Deus?

Fiz que sim com a cabeça.

— Pois então, retornou ela, saiba que Ele pode absolutamente tudo e só quer que sejamos felizes, com amor e paz em abundância. Quem acredita em Deus não deve vacilar, pois sabe que quem guia a sua vida só trará o que for para o seu benefício, ainda que você não entenda isso no momento. É Ele quem nos carrega, quando nossas forças nos parecem faltar. Ele é inesgotável, e você pode encontrá-lo dentro de você. Tenha fé!

Agradeci, com lágrimas nos olhos. Ao me abraçar, ela transfundiu energia para mim. O que não deixou de ser um passe.

Naquele início de noite, ficou combinado que ajudaríamos nos trabalhos da reunião espírita que aconteceria e, depois, iríamos até a casa de meus filhos. Esperei, um pouco ansioso.

Aproximando-se da hora do início da reunião, vi diversas pessoas chegando na casa e ocupando as cadeiras. Vi também várias entidades, a maioria em sofrimento, ocupando as cadeiras aparentemente vazias para os encarnados.

Alice iniciou a reunião com comovente prece, quando flores de luz caíram sobre os participantes. Depois, todos oraram um Pai Nosso.

Alice abriu o Novo Testamento e, inspirada por Letícia, discorreu sobre o trecho aparentemente tirado ao acaso, que falava sobre a parábola do filho pródigo. Mauro pediu que eu observasse tudo atentamente, estudasse o que ocorreria e deixasse as perguntas para depois.

Acompanhei quando Alice nos disse, após a leitura da parábola, que o pai é Deus, que nos confiou a Jesus. Jesus nos espera o tempo necessário para que cada um chegue até Ele, pois cada pessoa possui a sua própria época para evoluir. Que, apesar de nos revoltarmos e chafurdarmos nos nossos vícios, como a gula, a deusificação do dinheiro, um dia perceberemos que tudo isso é ilusão. Durante o tempo em que estivermos fruindo de nossa ilusão, acreditar-nos-emos autossuficientes. Mas o Bem sempre prevalece e, certamente, um dia, ver-nos-emos nus, sem a ilusao que nos atrasa a evolução. Neste dia, o Pai nos receberá de volta com os braços abertos, pronto a nos dar novas vestes e paz.

Ainda inspirada por sua mentora, perguntou:

– Quase todas as igrejas condenam as pessoas que não seguem exatamente seus dogmas ao fogo eterno do inferno. Isso está certo? Creio que, ao analisarmos as palavras do Mestre Jesus, veremos que isso também é uma ilusao. Jesus nos disse que estará conosco até o fim dos tempos e que nenhuma de suas ovelhas ficará perdida. Nenhuma!

Logo, se vivermos uma vida de ilusão e destruição, certamente após a morte nos situaremos em locais condizentes com nossa mente, sofrendo a dor de nossa consciência. Mas dizer que isso é eterno é negar que Deus é puro amor. É dizer que Ele está aqui para nos castigar, o que é errado. Somos nós mesmos que nos castigamos. Para nossa consciência ter paz após termos cometido vários crimes, acreditamos que só após 'pagarmos' por eles teremos a paz. Mas podemos evoluir pelo amor, trabalhando para contribuir na construção de um mundo melhor. Ainda que este mundo se resuma à sua casa, a sua família, com paciência, com compaixão e compreensão, estaremos resgatando nossos débitos com mais louvor do que com sofrimento. Um gesto de amor cobre uma multidão de pecados.

E concluiu:

– Dessa forma, podem ter a certeza de que o Bem é, sempre foi e sempre será, muito mais forte do que o mal.

Alice respirou fundo e começou a responder perguntas dos presentes.

Comovido, observei que, durante toda a reunião, a casa esteve cheia de entidades trabalhadoras do Cristo que, no decorrer dos trabalhos, efetuavam verdadeiras cirurgias espirituais nos ouvintes atentos. Em alguns casos, conseguiam desconectar de algum encarnado uma triste entidade vampira, que lhe roubava as energias; em outros, acalmavam com passes magnéticos uma mente atribulada com todos os problemas da vida terrena, inspirando-lhes solucões. Em algumas pessoas, durante o passe, desfaziam densas energias acumuladas em algum órgão, o que certamente as levariam a alguma doença física caso não fosses retiradas.

Na sala de passe, dois passistas aplicavam passes em duas pessoas por vez durante toda a palestra.

Espantado com tanta misericórdia, vi que a energia que eles passavam para os pacientes não eram apenas suas: ao lado de cada um, havia uma entidade doando energias curativas, em simbiose. Depois, era dado a cada paciente um pequeno copo com água. Nessa água, as entidades colocavam o que me pareceu remédio em pó, de cores diferentes, dependendo da pessoa e, mais assombrado ainda, vi uma lesão abdominal interna fechando-se lentamente após o passe e a água.

Minha visão estava muito mais eficiente do que jamais me lembrava.

Após uma prece de agradecimento e uma doce e singela Ave Maria, todos foram embora, mais tranquilos, consolados, despedindo-se uns dos outros.

Meus companheiros continuavam ativos nas tarefas mesmo após os encarnados irem embora, pois muitas entidades, que os acompanhavam, ficavam por lá, perdidas, e eram tratadas e encaminhadas para locais nos quais se poderiam refazer.

Somente após encaminharem as entidades sofridas que quiseram permanecer na casa para um hospital espiritual, descansaram.

Mauro se voltou para mim e perguntou:

– Aprendeu algo, meu amigo? Tem alguma coisa que queira perguntar?

Perguntei-lhe, então, o que menos entendi: as curas "milagrosas" de problemas vários de saúde que presenciei, e que as pessoas, em geral, nem sabiam que tinham.

Mauro, paciente e gentil, respondeu:

– Os trabalhadores espirituais da casa conseguem saber do que cada pessoa necessita para a sua melhora. Por isso as diferentes cores na energia colocada na água dada após o passe, que a fluidifica. É algo similar ao que acontece com nossos irmãos católicos que levam água para ser abençoada. A água benta.

– E a lesão que eu vi fechando no abdômen de um homem? – perguntei.

Mais uma vez, Mauro esclareceu:

– Para que ocorram as curas em quem busca ajuda espiritual, são necessárias duas coisas: fé e merecimento. A energia que é liberada pela descrença, ainda que puramente mental, repele a energia oferecida como ajuda. Só é ajudado quem quer ser ajudado.

O homem que você viu sendo curado trabalha como carregador em uma indústria e carrega muito peso. É uma pessoa honesta, carinhoso com a esposa e com os filhos, ainda pequenos. Tem como missão orientar os filhos no caminho da honestidade, ainda que a falta de dinheiro possa ser tentação para caminhos errados, mas a lesão por causa do esforço para sustentar a família estava atrapalhando-o e poderia virar uma hérnia que ele não teria condições de tratar e vir a perder o corpo físico. Ele vinha sentindo dores no local, mas nada disse para a família. Porém, pedia a Deus em todos os momentos para ter saúde suficiente para manter sua família. Com sua fé, ele sintonizou-se positivamente conosco e, assim, pudemos curar com facilidade a lesão.

Ao vir aqui, ele possuía merecimento necessário e fé. Até amanhã pela manhã seu machucado terá sido curado completamente, o que evitará uma doença maior. É como sempre dizia Jesus: "a sua fé te curou".

Curioso, ainda perguntei:

– E se ele viesse aqui buscar ajuda, mas não acreditasse que pudesse ser curado por um passe e água?

– Ele teria recebido as mesmas energias curadoras divinas, mas sua mente as iria repelir, fazendo com que elas não tivessem efeito.

É questão de livre-arbítrio acreditar ou não, mas um dia, ainda que leve séculos, as pessoas ainda resistentes irão percebendo a Verdade e o caminho para a verdadeira vida, que é o traçado pelo Mestre Jesus. E, então, o mundo ficará cada vez melhor.

Com um sorriso, perguntou:

– Mais alguma pergunta?

– Não, obrigado – respondi. Já tinha muito em que pensar.

Após finalizarem os trabalhos e cada entidade voltar a seus outros afazeres, quando Alice já havia dormido e ido com Letícia trabalhar no Bem durante o desdobramento gerado pelo sono físico, reunimo-nos, os cinco, para irmos até a casa de meus filhos.

Senti uma pontada de ansiedade e medo do que eu poderia encontrar e quais seriam minhas reações.

Érika pareceu ler meus pensamentos e disse, séria:

– Acalme-se, Leonardo! Estamos todos aqui, juntos, para ampará-lo também.

Volitamos até um pequeno apartamento de dois quartos. Era cerca de dez horas da noite quando chegamos. Diferente da casa em que saímos, não havia nenhum espírito protetor do lar na porta. Entramos.

Meu filho mais velho estava adormecendo em frente a TV ligada. Ao me aproximar dele, emocionei-me. Como ele estava envelhecido! Parecia muito cansado, triste e preocupado.

Com um olhar suplicante, pedi para que meu filho pudesse ser ajudado durante o seu sono. Luíza e Érika aplicaram passes em meu filho, e, em poucos instantes, seu semblante amenizou. Adormecido, seu corpo espiritual descansava profundamente, recompondo-se com a energia recebida.

Mais calmo, fui procurar meu filho caçula e percebi que ele não estava em casa. Mais uma vez, olhei suplicante para meus colegas.

Mauro disse:

– Sei onde ele está. Vamos primeiro limpar este ambiente e iremos até ele.

Foi então que percebi o estado do apartamento. Limpo, na visão dos encarnados, mas muito sujo em nossa visão espiritual. Miasmas de preocupação, tristeza e vício emplastavam o lugar, principalmente nos cantos, onde se iam acumulando. Já o quarto de meu filho caçula possuía algo como uma gosma em quase toda a extensão das paredes. Mauro explicou que se tratava de energia muito negativa, que, inclusive, era usada como material pelos servidores das sombras em alguns trabalhos.

Diogo me explicou que toda casa pode ser um refúgio para o Bem e ser protegida espiritualmente. Mas para isso os moradores, ou ao menos um morador precisaria manter-se firme na fé, apesar de todas as dificuldades da vida, perdoando e compreendendo sempre. Com o pensamento no Bem. Assim, atrairia bons espíritos que, prontamente, ajudariam a todos que viviam no lar. A simples indiferença deixa a casa desprotegida, pois não atrai nada. Assim, qualquer espírito que passar pela casa pode fazer dela um abrigo para ele.

Diogo, Érika, Luíza, Mauro e eu passamos a dispersar aquelas energias. Mas ainda estava muito impressionado com a diferença entre a casa de Alice e a de meus filhos, o que Érika, dona de um grande magnetismo, vibrando em sintonia com o Bem, percebeu de imediato e esclareceu-me a dúvida que estava à mente. Eu me perguntava se a casa de Alice era tão protegida porque ela realizava as reuniões em sua casa, ou talvez pela idade avançada... O que encontrei na casa de meus filhos era assustador.

Paciente e com calma entonação de voz, Érika disse:

– Querido colega, não se atemorize com a energia encontrada na casa de seus filhos. Como disse Diogo, qualquer casa, da mais luxuosa até a mais simples, pode ser uma base de Deus, recanto de repouso e paz, e Ele a protegerá. Alice possui suas dificuldades na vida terrena. Foi abandonada pelo seu esposo e viu morrer de câncer seu único filhinho. Apesar da saudade, ela não carrega revolta em seu coração. Ela sabe que nada acontece por acaso em nossa vida e tem a convicção de que Deus não pune ninguém, pois Ele é todo Amor. Com uma fé forte, ela sabe que cada um recebe da vida provas necessárias para a sua evolução. Colhemos o que plantamos. Muitas dessas provas foram pedidas por nós mesmos, antes de reencarnarmos, para acalmar nossas consciências pesadas. Lembre-se de que este, inclusive, foi seu caso na última encarnação, ao pedir para ser pai de um espírito que outrora você muito prejudicou.

Apesar das dificuldades de nossas provas e das falhas que possuímos, todos temos condições de cumprir com as missões com as quais nos comprometemos. O que nos atrapalha é a falta de confiança em Deus e em nós mesmos. Quando não temos essa confiança, revoltamo-nos, sentindo-nos vítimas da *ira divina*, o que está absolutamente incorreto.

Se mantivermos serenidade em nosso espírito, sintonizamo-nos com o Cristo e, por conseguinte, com seus trabalhadores que sempre vêm em nosso auxílio, além de mantermo-nos conectados aos nossos mentores e, assim, podermos escutá-los e entender as boas orientações que eles nos passam.

Já se mantivermos permanentemente tristes, magoados, rancorosos, raivosos ou orgulhosos, vibramos em baixa sintonia que nos conectará a seres de mesma vibração. Neste caso, não deixamos que nossos mentores se aproximem ou rejeitamos as suas boas inspirações. Aproximam-se de nós espíritos sofredores, que estão sentindo o mesmo que nós e, por isso, nos estimulam ainda mais a cultivar esses sentimentos negativos e se alimentam da energia ruim que geramos e emanamos.

No primeiro caso, os bons espíritos vivem perto de nós, logo, os espíritos sofredores não conseguem ficar em nossos lares por falta de sintonia e pela proteção que nós geramos com bons fluidos. Nossa própria energia, quando boa, cria uma barreira que repele aqueles que não estão sintonizados com o Bem. Já no segundo caso, o lar fica saturado de energias e pessoas negativas, que instaura a irritação e a discórdia entre os membros viventes do lar terrestre.

Isso é independente da religião seguida pela pessoa. O que realmente importa é a sua fé e confiança em Deus.

Agradecido, voltei os olhos para o trabalho que os colegas estavam realizando na casa. Dispersavam densas energias negativas, retiravam a energia gosmenta cor de chumbo pregada nas paredes do quarto do meu caçula, e, então, percebi algo que não tinha visto antes: na cama dele havia como que pequenos animais, semelhantes a insetos, andando de um lado para o outro. Explicaram-me que aqueles seres são feitos de matéria energética deletéria pelas sombras e sugavam a energia dos encarnados, abrindo pequenas brechas em sua aura.

Estava assustado com o tamanho do trabalho elaborado pelos que vivem nas trevas para sugar a energia dos encarnados.

Junto com os caridosos colegas, limpamos o ambiente.

Grato, fiz uma prece de agradecimento a Deus e fomos atrás de meu caçula.

Capítulo 10
TRABALHO

> "Os que encarnam numa família, sobretudo como parentes próximos, são, as mais das vezes, Espíritos simpáticos, ligados por anteriores relações, que se expressam por uma afeição recíproca na vida terrena. Mas, também pode acontecer sejam completamente estranhos uns aos outros esses Espíritos, afastados entre si por antipatias igualmente anteriores, que se traduzem na Terra por um mútuo antagonismo, que aí lhes serve de provação."
>
> Kardec, Allan. *O Evangelho Segundo o Espiritismo*. FEB, 112ª edição. 1996.

Mauro realmente sabia onde meu filho estava. Fomos direto até uma área usada para a realização de grandes festas, perto da cidade. E, de repente, me vi em meio a uma *rave* que, pelo visto, já perdurava por uns dois dias.

Passamos ao lado de garotos alucinados, só de bermuda. Ao lado das caixas de som, que emitiam música frenética, estavam duas garotas nuas. Os rapazes abusavam-nas, e elas continuavam do mesmo jeito, parecendo que não estavam ali, com o olhar vidrado.

Moças e rapazes queimados pelo Sol ao qual estavam expostos há dois dias sem sentir aparentemente nada, dançando sem parar apesar de demonstrarem quase uma exaustão do corpo físico.

Horrorizado, voltei-me para Mauro, que me explicou, buscando acalmar-me:

– Calma, meu irmão. Festas assim, infelizmente, são frequentes hoje em dia. Os pais dessas crianças são ausentes em sua grande maioria e acreditam em qualquer desculpa que os filhos lhes dão para justificar a ausência prolongada de casa. Sem a devida orientação, as crianças começam a buscar conforto e consolo inicialmente em bebidas alcoólicas, por serem mais fáceis de conseguir. Em seguida, experimentam o cigarro, daí pulam para a maconha, que entendem como um calmante, um anestésico e fuga da vida; um refúgio. Daí, eles estão a um passo da cocaína, do crack, do LSD, da heroína e, como ocorre em várias "festas", dos coquetéis com várias drogas.

Essas sombras ao redor deles são vampiros a lhes sugerem energia vital, enquanto esses garotos e garotas nem se dão conta do que fazem.

O Ecstasy, coquetéis e outras drogas são elaborados no mundo inferior por cientistas a trabalho dos senhores da escuridão. Após sua elaboração pelos os espíritos cientistas, eles entram em contato com os encarnados que também os servem, seja deliberadamente, seja por sintonia, para que eles reproduzam as drogas e as distribuam aos encarnados através do tráfico, destruindo os consumidores física e espiritualmente, destruindo também suas famílias e, com o tempo, escravizando os seus espíritos para as trevas, como cobaias para experiências dos cientistas desencarnados ou em campos de concentração do submundo, além de controlá-los de diversas formas.

Mauro tinha lágrimas de compaixão nos olhos.

Caminhamos pelo lugar, a música hipnotizante trabalhando como uma lavagem cerebral naquelas crianças, até que chegamos perto de uma grande rocha. Lá, encostado e com os olhos arregalados e vidrados, estava meu filho.

Corri até ele, mas ele não me percebia. Não percebia nada. Estava preso em si mesmo enquanto que algo que parecia uma aranha gigante estava bem no topo de sua cabeça, se alimentando dele, formando claramente um buraco em seu campo energético. Caí de joelhos e comecei a chorar copiosamente. No que meu filho se tornou?

Diogo me levantou pelos ombros. Érika me olhou nos olhos e disse:

– É exatamente nesse momento que precisamos de sua fé e força para ajudar.

Então se voltou para meu filho e, concentrada, fez comovente prece pedindo auxílio para o socorro e, com a ajuda concentrada do restante do grupo, conseguiu desconectar a aranha da cabeça dele. Logo após, meu filho tombou, desfalecido.

Mauro já havia emitido comandos mentais para uma viatura policial que passava na estrada, bem perto do local da festa. Logo, vimos a viatura chegando. Ao se depararem com as drogas e vários menores de idade, pediram reforços e acabaram com aquela loucura antes que ela chegasse ao seu terceiro dia.

Confiscaram as drogas, levaram os menores para a delegacia e também quem portava drogas. Muitos fugiram. Ambulâncias levaram os inconscientes para o hospital e também encontraram uma jovem morta por *overdose*. Meu filho, inconsciente, também foi um dos socorridos. Nós o acompanhamos.

No caminho, com meu coração em frangalhos, não conseguia deixar de pensar que era tudo minha culpa. Em minha vida anterior, eu o arrastei ao vício deliberadamente. Nessa vida, em que devia ampará-lo e guiá-lo, levei-o ao vício pelos meus maus exemplos e omissão.

Diogo me interrompeu os pensamentos de forma enérgica:

– Leonardo! O que é isso? Esqueceu-se de tudo o que lhe foi ensinado? Eleve sua cabeça e erga o seu olhar. Se você foi culpado, agora é a hora de provar que já é capaz de resgatar seus erros. Caso você não se esforce para elevar suas vibrações e seu pensamento a Deus, você não poderá continuar conosco nessa tarefa em que precisamos de muita atenção, de boa energia e de clareza de pensamentos para atender as inspirações que vêm do alto. Seu filho precisa de você, então, eu sugiro que todas as vezes que seu pensamento resvalar para qualquer sentimento ruim, você faça uma prece rogando o equilíbrio. Confie e você vai conseguir.

Entendi a caridosa repreensão. Não queria falhar novamente e daria tudo para manter-me útil e em equilíbrio. E, nesse momento, percebi que todos os meus companheiros poderiam perceber o que pensava e quais emoções eu estava sentindo.

Surgiu-me uma pergunta: como Mauro chamou aqueles policiais? Externei minha dúvida e Mauro veio em meu auxílio:

– Ao expandir minha consciência no momento da prece, percebi outras mentes lúcidas próximas de onde estávamos. Busquei-as e percebi tratar-se de policiais. Assim, tentei uma conexão para apenas inspirá-los a ir para o local da festa, para averiguar sua legalidade. Um dos policiais não sentiu o meu pensamento, mas o motorista, possuidor de maior sensibilidade mental, entendeu e resolveu atender ao meu pensamento, acudindo ao meu pedido como se a ideia tivesse sido dele.

Fiquei ainda mais impressionado com o poder da mente. Confesso que me senti envergonhado de meus maus pensamentos. Mauro fingiu não perceber e continuou:

– Em geral, espíritos sem esclarecimento e estudo não conseguem escutar o teor dos pensamentos dos outros. Mas como tudo no universo é energia em interação, esses espíritos ignorantes conseguem, sem perceber o que fazem: espalhar energias ruins no ambiente em que se encontram. E assim os espíritos de pensamentos semelhantes atraem-se e, no plano espiritual, formam verdadeiras cidades, baseadas na vibração que emitem. Com a matéria encontrada nos planos em que vivem, eles plasmam objetos e construções. Claro que há espíritos malignos e inteligentes que não só conseguem ler pensamentos como também conseguem manipulá-los, plantando ideias ruins na cabeça de uma pessoa invigilante. Basta apenas um instante de invigilância, como um mau pensamento ou um sentimento inferior como raiva, orgulho, ciúme, para que se abram brechas pelas quais esses espíritos implantam pensamentos que estimulam o que eles querem nas pessoas. A técnica hipnótica é muito usada por eles. Assim, se eles encontram em uma pessoa tendência para certo vício, ela poderá cair nele caso acate as ideias que os espíritos malignos querem. Se outra pessoa tem tendência ao suicídio, é manipulada para que cometa o ato insano.

– E não há como fazer nada? Perguntei, indignado.

– Amigo, respondeu Mauro, precisamos entender como funcionam as coisas. Quando você foi socorrido após a morte do seu corpo físico?

– Depois do meu pedido de socorro – respondi.

– Pois então! Seu mentor e os obreiros do Bem estão o tempo todo por perto. Se, quando vier um pensamento inferior à sua mente, você se deixar levar, você mesmo corta sua conexão com quem lhe pode ajudar. Já se você orar, pedindo ajuda, proteção e clareza de pensamento, com fé, você se conecta com esses benfeitores e, com o Amor universal, atrai para você pessoas dispostas a ajudar. A força do pensamento é maior do que supomos. Mas veja bem: tudo depende da pessoa. Ela, por sua própria vontade, pode escolher ser inspirada por quem lhe quer bem ou mal. E será responsável por seus atos.

Calou-se então, pois adentrávamos o hospital público, muito movimentado.

Observei que vários profissionais da saúde estavam junto a um espírito esclarecido e benéfico que os orientavam no trabalho.

Meu filho, ainda desmaiado, foi levado a uma grande enfermaria. Ele não possuía nenhum documento para identificá-lo.

Mauro pousou sua mão direita na fronte do enfermeiro que recebia meu filho e lhe passou mentalmente as drogas que ele havia ingerido. O enfermeiro resmungou alto algo como: "mais um drogado dessas *raves*", e iniciou o procedimento adequado para socorrê-lo.

Quando meu filho já se encontrava estável, pude perceber seu corpo espiritual ligado ao corpo físico por algo como um cordão umbilical brilhante. Quando abriu os olhos do corpo espiritual, arregalou-os, gritou e escondeu-se debaixo do leito em que seu corpo repousava. Falava coisas desconexas. Érika chegou até ele, que não nos via, apontando para mim o buraco energético no topo de sua cabeça. Aquela aranha era uma das piores criações maléficas para sugar a energia dos encarnados.

Mas o dano não era apenas energético. Milhares de neurônios perderam a capacidade de sinapses nervosas ou simplesmente murcharam e se tornaram células mortas.

O sistema digestivo estava inteiro inflamado, irritado com as substâncias ingeridas. Os rins e fígado se sobrecarregavam na tentativa de purificar o sangue.

Ela, então, pediu-nos concentração e prece e, junto a Luíza e Diogo, trabalhavam no organismo enfermo de meu filho, tentando trazer-lhe de volta alguma lucidez e equilíbrio.

Por longos minutos aplicaram nele passes e de suas mãos saíam luzes de matizes variadas. O espírito de meu filho foi acalmando-se e adormeceu junto ao corpo físico. Os buracos energéticos haviam diminuído bastante.

Infelizmente, os danos cerebrais e de vários outros órgãos não puderam ser totalmente revertidos, mas eles conseguiram fazer com que o corpo regurgitasse muito do que havia ingerido junto com a energia letal das drogas.

Enquanto o enfermeiro do plano físico limpava a sujeira, posto que ainda estivesse preparando um procedimento de lavagem estomacal, Mauro nos disse:

– Precisamos esperar agora. Vamos até a casa de Alice repor nossas energias e conversaremos sobre as próximas providências a tomar em nossa missão.

Capítulo 11
LIÇÕES PRECIOSAS

> "Mas, somos Espíritos imperfeitos, encarnados na Terra para expiar nossas faltas e melhorar-nos. Em nós mesmos está a causa primária do mal e os maus Espíritos mais não fazem do que aproveitar os nossos pendores viciosos, em que nos entretêm para nos tentarem. Cada imperfeição é uma porta aberta à influência deles, ao passo que são impotentes e renunciam a toda tentativa contra os seres perfeitos. E inútil tudo o que possamos fazer para afastá-los, se não lhes opusermos decidida e inabalável vontade de permanecer no bem e absoluta renunciação ao mal."
>
> Kardec, Allan. O Evangelho Segundo o Espiritismo. FEB, 112ª edição. Capítulo XXVIII, IV. 1996.

Após algumas horas junto ao pequenino pomar no quintal da casa de Alice, já refeitos, perguntei a Diogo, inquieto, sobre o poder tão devastador das drogas. Estava deveras impressionado.

Após obter permissão, Diogo levou-me para dar uma volta por aquele bairro em que nos encontrávamos no plano dos encarnados.

Caminhamos, literalmente, pelas ruas. Impressionou-me muito que a maioria dos transeuntes estava desencarnada, mas a maioria parecia nem se dar conta disso. Eles formavam verdadeira massa humana, indo e voltando para todos os lados.

Diogo me explicou que o número de desencarnados superava em muito o de encarnados e que é assim na maioria de quaisquer centros urbanos, em especial nas regiões centrais, pois a grande maioria da população não havia adquirido nenhum ou quase nenhum conhecimento sobre a vida após a vida; assim, ao perderem o corpo físico, ou ficavam perambulando pelos lugares que lhes eram conhecidos ou se ligavam a pessoas que possuíam pensamentos afins, ainda que sem intenção explícita, passando a acompanhá-los por todos os lugares até que a pessoa mude sua forma de pensar e agir, quando se perde a sintonia com o espírito que, por sua vez, sai a buscar outra pessoa de pensamentos afins. Muitos desencarnados nem sabem que morreram.

Continuamos a caminhar até um pequeno bar onde havia muitos homens maduros, uns poucos casais e uma mesa de jovens. Todos bebiam, em geral, cerveja ou cachaça. Alguns fumavam. Aquela visão me apertou o coração.

Diogo queria mostrar-me o que faz o álcool e o cigarro no organismo, pois eu pensava que os efeitos nefastos que presenciei com meu filho eram decorrentes apenas de drogas ilícitas.

No bar, o clima era bastante desagradável com relação à casa de que acabáramos de sair. Diogo me apontou um senhor, com cerca de 50 anos, bem apessoado. Bebericava cerveja com seus colegas, enquanto fumava.

Após um passe que Diogo me aplicou, minha visão aumentou significativamente e passei a ver com mais clareza. Então me assustei.

Havia duas entidades, uma de cada lado do homem, ombro a ombro, que lhe sugavam o ar exalado por ele após tragar o cigarro. Atrás dele, vi conexões escuras, como cordões cinzentos, ligando cada uma das duas entidades aos seus pulmões. Elas eram altas, esguias, cinzentas e possuíam nariz e boca feridos e agigantados.

Olhei ao meu redor e vi que em todos os outros da mesa que bebiam, sem exceção, havia desencarnados conectados bem juntos a eles, que buscavam sentir o prazer ilusório proporcionado pela bebida. Essas conexões eram escuras, ligadas principalmente na nuca e no abdômen das pessoas, sugando-lhes também a energia vital. Alguns espíritos estavam deitados com a cabeça no colo dos encarnados, outros tinham as mãos ao redor da garganta dos que bebiam. Nenhuma das entidades possuía aspecto agradável. Todas possuíam algum tipo de deformidade e exalavam odores desagradáveis.

E assim também era em todas as mesas. Os espíritos viciados queriam sempre mais e faziam de tudo para que as pessoas se demorassem o maior tempo possível bebendo ou fumando no bar.

Impressionou-me como em um bar simplório, com poucos encarnados, havia tantos desencarnados. Centenas.

A mesa que observei inicialmente fechou a conta, e as pessoas se dispuseram a ir embora. A maioria das entidades que bebiam com eles se ligaram imediatamente aos outros que estavam no bar. Algumas acompanharam alguns encarnados até suas casas. O fumante que Diogo me mostrou entrou em seu carro acompanhado de seus dois companheiros de desdita desencarnados e que ainda lhe sugavam os pulmões. Provavelmente continuariam a fazê-lo por muito tempo...

Muito espantado com a visão, perguntei-me se aquilo havia acontecido comigo também.

Diogo tinha o olhar triste e disse:

– Eles ficarão com ele enquanto ele fumar. Provavelmente há mais deles em sua casa e influenciam de forma negativa a ele e a sua família, podendo gerar brigas e dificuldades com quem tenta ajudá-lo a largar o vício, afastando-o, assim, de quem possa ajudá-lo.

Viu a energia escura de seu sistema respiratório? É um tipo de veneno que segue para o sangue, causando inúmeras doenças, impedindo a adequada respiração sanguínea. O mais triste é que o senhor que observamos é enfermeiro e não pode negar que sabe de todos os males causados pelo cigarro. Ainda assim, persiste no seu vício, amparado pelos seus vampiros. Agora, vamos voltar e nos juntar aos outros.

Retornamos em silêncio.

Ao chegarmos, Mauro me perguntou sobre o que eu havia aprendido. Quando mencionei as entidades ligadas aos pulmões do homem, ele replicou que, em geral, como esses espíritos sabem que a pessoa fumará várias vezes por dia e todos os dias, eles caminham com ela, dificultando a ela largar o vício, deteriorando as relações familiares e destruindo, pouco a pouco, o corpo da pessoa, tanto físico quanto espiritual. E completou:

– É realmente lamentável a falta de bom-senso das pessoas. Enquanto isso, o mundo espiritual inferior vai-se enchendo de autocidas, ou suicidas inconscientes, em estados deploráveis e com débitos enormes.

Acabrunhado, pensei que, se as pessoas vissem o que eu vi, provavelmente persistiriam em suas tentativas de largar o vício.

Capítulo 12
AMPARO

"Senhor, ampara-nos em nossa fraqueza; inspira-nos, pelos nossos anjos guardiães e pelos bons Espíritos, a vontade de nos corrigirmos de todas as imperfeições a fim de obstarmos aos Espíritos maus o acesso à nossa alma."
Kardec, Allan. *O Evangelho Segundo o Espiritismo*. FEB, 112ª edição. Capítulo XXVIII, IV. 1996.

Ao cair da noite, voltamos ao hospital. Encontramos meu filho acordado, mas aparentemente sem memória. O médico, conversando com a enfermeira que estava no plantão, explicou que a perda de memória provavelmente era temporária e que, caso ele se lembrasse de algum parente, era para entrar em contato imediatamente.

Acercamo-nos do leito; meu filho parecia abatido e confuso. Aplicamos passes energéticos em seu corpo, que demonstrou uma melhora imediata. Luiza se acercou da enfermeira encarnada e auscultou-lhe os pensamentos e, depois, veio até nós:

– É uma jovem digna e piedosa. Trabalha por amor ao próximo, é humilde e possuidora de muita fé. Chama-se Liliane e ela nos pode ajudar.

Voltou-se a ela e lhe inspirou algo que não pude perceber na hora. Bastante sensível, a enfermeira saiu da enfermaria, foi até seu armário, pegou o Evangelho; voltou com ele. Após verificar todos os pacientes nos leitos dos quais era ela a responsável, Liliane se acercou do de meu filho, que tinha o pior quadro físico e mental, e começou a conversar com ele. Percebendo a dificuldade do seu paciente para balbuciar as palavras, ela perguntou-lhe se poderia ler em voz alta o Evangelho de Jesus e comentá-lo com ele, pois se sentia muito só no turno da noite.

Sua pergunta tinha uma inflexão de ternura tão forte que meu filho balançou a cabeça, concordando.

Com isso, ela iniciou a leitura da parábola do filho pródigo. Ao terminar, começou a comentá-la, sempre inspirada por Luiza. Perguntou ao meu filho se ele tinha alguma ideia do que acontecia com as pessoas depois que elas morrem, ao que ele deu de ombros, como quem diz que não tinha ideia.

Inspirada, ela lhe disse:

– Quando falamos que vamos lavar as nossas mãos, descansar nossos pés ou que nossa barriga está doendo, estamos falando do nosso corpo, certo?

Ele fez que sim.

– Então – ela continuou – o mais lógico a se concluir é que o nosso corpo é nosso, mas não é o que somos, nossa consciência. Assim como nosso carro é nosso, mas não somos aquele carro. Você pode viver sem mão, sem perna, sem até mesmo alguns de nossos órgãos internos, mas sem a "vida", tudo para. Então, há algo mais. Sempre me perguntei o que seria isso e, estudando sempre, cheguei à conclusão de que o que dá vida ao nosso corpo é o nosso espírito, e que o lugar onde estamos é somente uma passagem para outro lugar, mais real do que aqui.

Jesus nos disse que "na casa do Pai há várias moradas"; logo, creio que, quando morrermos, nosso espírito seguirá para a morada em que ele se sentirá mais afinado.

Meu filho, surpreso com a conversa nada comum, demonstrou estar acompanhando o raciocínio.

– Por isso – continuou Liliane – devemos cuidar do que vamos fazer durante esta vida, para termos condições de irmos a um bom lugar quando estivermos apenas em espírito. Quando Jesus nos contou a parábola do filho pródigo, demonstrou-nos que, independente de nossas atitudes, até mesmo as mais vis que nos leva para longe da casa de Deus, se nos arrependermos e começarmos a tentar voltar para Ele, Ele nos ajudará de todas as formas possíveis e nos receberá com grande alegria.

Nosso Mestre Jesus falou que nenhuma de suas ovelhas ficará perdida. Logo, temos sempre a chance de recomeçar, até acertarmos o caminho. É certo que colhemos o que plantamos. São as consequências dos nossos atos. Mas Deus, que é todo Amor e perdão nos ajuda mesmo quando temos que passar pela fase de colher os frutos de nossos erros. Estamos sempre amparados. É só pedir ajuda.

E concluiu:

– Bom, vou voltar ao trabalho. Posso conversar com você amanhã, de novo?

Meu filho, emocionado com a atenção e o carinho dados a ele como há muito não eram dados, assentiu, esboçando um sorriso.

Após a conversa, ministramos-lhe mais energias curativas através de passes, inclusive colocando no soro ligado a sua veia medicamentos que lhe ajudariam a se recuperar. Estando com a mente mais aberta, ele recebeu melhor o nosso tratamento e adormeceu tranquilo.

Ao adormecer, no desdobramento que ocorre naturalmente com o sono, ele foi levado por Mauro a um local próximo: um hospital espiritual que havia logo acima de uma casa espírita conhecida por ele. Lá, com energias salutares e fora do corpo físico doente, ele conseguiria comunicar-se um pouco melhor.

Meu ímpeto foi o de correr e abraçá-lo, mas me detiveram. Ainda não era a hora.

Durante algum tempo, recebeu auxílio e esclarecimento em um trabalho fraterno com psicólogos do plano espiritual. Em seguida, foi levado de volta ao corpo.

Desta forma, o tratamento físico foi sendo levado a efeito no hospital terreno; o emocional foi sendo tratado através de Liliane que, todos os dias, conversava com ele trazendo um pouco de esperança pela vida e curiosidade sobre a maravilhosa vida pura levada por Jesus quando na Terra. E todas as noites, era levado ao hospital espiritual para tratamento, onde recebia instruções espirituais e fixava os ensinamentos sobre Jesus.

Eu estava realmente comovido pelo fato de tantas pessoas que nem sequer me conheciam, nem ao meu filho, se desdobravam em fazer o melhor para ajudar.

Fisicamente, sua melhora foi notável. Enfim, lembrara o seu nome e o de seu irmão em uma conversa com Liliane:

– Meu nome é Jonas, disse. Meu irmão chama-se Paulo – e passou para ela o endereço de Paulo, meu filho mais velho.

Através do endereço, Liliane encontrou o telefone de Paulo e ligou para ele imediatamente. Paulo já estava extremamente preocupado com Jonas, que sumira há vários dias, e foi correndo ao hospital.

Mais alguns dias, recebendo agora também a visita diária de seu irmão, Jonas recebeu alta e foi para casa. Liliane fez amizade facilmente com Paulo e lhe contou sobre as conversas sobre o Evangelho que tinha com Jonas todas as noites. Ela estava muito comovida com a situação dos dois órfãos passando por tantas dificuldades.

Paulo se espantou com o fato de seu irmão estar cada vez mais animado com os estudos que vinha fazendo e combinou com Liliane de se encontrarem de vez em quando para estudarem o Evangelho. Ela logo se prontificou a ir semanalmente até a casa de meus filhos.

Com satisfação, percebi o quanto meu filho mais velho, Paulo, se encantou pela abnegada enfermeira.

Capítulo 13
EM BUSCA DA RECUPERAÇÃO

> *"(...) estando em expiação na Terra, os homens se punem a si mesmos pelo contacto de seus vícios, cujas primeiras vitimas são eles próprios e cujos inconvenientes acabam por compreender. Quando estiverem cansados de sofrer devido ao mal, procurarão remédio no bem. A reação desses vícios serve, pois, ao mesmo tempo, de castigo para uns e de provas para outros. E assim que do mal tira Deus o bem e que os próprios homens utilizam as coisas más ou as escórias."*
> Kardec, Allan. *O Evangelho Segundo o Espiritismo*. FEB, 112ª edição. Capítulo VIII, IV. 1996.

Os dias se sucediam, e eu continuava na expectativa de falar com Jonas, meu filhinho. Enquanto isso, eu e todo o grupo trabalhávamos intensamente no plano espiritual em ajuda a irmãos necessitados na casa espírita que Alice organizava e em outros lugares.

Como Jonas ainda não conseguia caminhar muito bem, devido a dores por todo o corpo, principalmente na cabeça, ele se viu obrigado a permanecer em casa, o que lhe foi bastante benéfico.

Liliane, conforme combinou, ia semanalmente até a casa de meus filhos para estudarem o Evangelho. Durante o estudo, conseguíamos afastar da casa as más entidades que queriam retomar o uso das drogas através de Jonas que, por sua vez, sentia-se muito mal por abstinência delas.

Preocupado, Paulo pediu ajuda para Liliane que recomendou, além do tratamento médico que estava sendo realizado, irem até a casa espírita que ela frequentava. Além disso, um tratamento com grupos específicos no tratamento de drogas seria interessante.

Mesmo sem meus filhos terem tido contatos maiores com religião alguma, a doçura de Liliane os dobrou, e ambos passaram a frequentar a modesta casa espírita.

Com os passes e palestras, Paulo recuperou sua jovialidade. Ele e Liliane rapidamente se afinizaram. Ambos eram trabalhadores e buscavam o bem e o certo. Só não sabiam já eram amigos bem antes de reencarnarem. Com o tempo, começaram a namorar. Porém, Paulo estava muito preocupado com os ataques de abstinência de seu irmão, que aconteciam invariavelmente quando as entidades viciadas assediavam Jonas.

Certo dia em que Jonas estava deitado e sozinho em casa, alguns espíritos bastante sombrios vieram insuflar-lhe a vontade de se drogar, e Jonas, imediatamente, começou a se contorcer em angustioso ataque, ao mesmo tempo em que gritava por socorro, pois via vultos malévolos. Imediatamente, recebi pelo pensamento o pedido de socorro, e fomos todos até o quarto de meu filho.

Assim que chegamos, uma luz brilhou intensamente no pequeno quarto e foi aumentando seu tamanho até que consegui divisar uma forma humana. As entidades fugiram esbaforidas, e os miasmas se dissiparam. Tão logo identifiquei a pessoa, caí de joelhos. Era Linda, minha esposa, que via pela primeira vez desde que desencarnei. Estava belíssima e irradiava tanta paz que Jonas imediatamente dormiu.

Linda diminuiu sua própria luz, adequando-se melhor aos meus olhos e abriu os braços para mim. Em prantos, tal qual uma criança pequena, abracei-a.

Ela retribuiu o abraço com um imenso carinho que emanava dela naturalmente. Percebi, então, o grande espírito que tive em minha companhia na Terra e não soube valorizar.

Quando me acalmei um pouco ela disse:

– Que a Paz seja com você!

– E com você também, respondi.

– Fico satisfeita de ver que você conseguiu se recuperar bem. Levou cerca de dezessete anos para acordar para a vida espiritual após seu falecimento. Soube pedir socorro.

Ante a minha surpresa, com carinhosa inflexão de voz, ela continuou:

– Leonardo, sei que as preces que eu e os que o amam fizemos todos os dias para que você se recuperasse e fosse bem guiado quando você faleceu, valeram a pena, pois o ajudaram a lembrar-se de Deus e pedir-Lhe ajuda, ainda que você não percebesse. Sei que você está recuperando-se bem e possui muita vontade de ajudar nosso filho. Por isso, devo dar-lhe algumas explicações.

Em geral, os espíritos viciados em cigarro podem ficar por até centenas de anos presos em furnas de sofrimento, exalando de seus espíritos deformados os gases tóxicos. Quando são levados ou atraídos aos vales, chamados Vales dos Suicidas, podem ficar, lamentavelmente, séculos em busca de alívio para a abstinência de seu vício e tentando respirar com um sistema respiratório seriamente comprometido.

E, com lágrimas, prosseguiu:

– Quantos se voltam inteiramente para si mesmos, por não aguentarem o sofrimento e, com isso, estimulados por espíritos que ainda agem no mal, vão perdendo a forma humana até assumirem a forma de ovoides, que possuem pensamentos viciosos, que giram sempre em torno do objeto do seu sofrimento: o fumo. E, com isso, essas pessoas transfiguradas em ovoides são conectadas em encarnados, como um parasita, para estimular o vício. Há casos em que os ovoides são, através de cirurgia espiritual das trevas, implantados dentro do perispírito das pessoas, e lá estacionam como um tumor, sugando-lhes as melhores energias e minando-lhes a força de vontade para largar o vício. São casos graves que só regridem com muita força de vontade, fé, preces e mudança vibratória de pensamentos e atitudes.

Eu estava com os olhos arregalados diante daquelas informações. Não sabia o quanto um "simples" cigarro poderia causar mal.

Ela continuou a me explicar:

– Em ambos os casos, há um aumento da ligação com o vício de autodestruição que é o fumo. Muitos dizem que fumam esporadicamente, ou que o cigarro é "leve". O que eles não veem é que seus corpos se deterioram inexoravelmente, mais ou menos rápido. Ainda mais grave é o exemplo que essas pessoas passam principalmente para seus filhos.

Uma mãe ou um pai ou ambos fumantes, além de fazerem mal a quem está perto deles e não pode sair no momento, seja por educação ou qualquer outro motivo, o que faz com que essas pessoas inalem gases tóxicos que não passam pelo filtro, são, com toda a certeza, um mau exemplo para seus filhos.

Nossos filhos nos são confiados para que os orientemos e buscam, em cada gesto nosso, uma orientação para seguir, ainda que não nos apercebamos. Assim, pais fumantes passam a mensagem de que fumar é correto, mesmo não querendo que seus filhos fumem. E, então, os filhos entendem que, se os pais fumam, eles também poderão, e, assim, iniciam uma jornada que pode ter desastres maiores.

Nosso planeta vive uma época de transição e, em seu processo, ainda abriga muitos espíritos ligados fortemente à matéria, que buscam satisfazer suas vontades inferiores. Há conexão entre esses espíritos encarnados com os desencarnados que vibram na mesma sintonia, e, através dela, dia a dia são enviadas para a crosta terrestre fórmulas de novas drogas que são recebidas intuitivamente pelos fabricantes, criadas e distribuídas, principalmente para os jovens invigilantes. Inicialmente, eles se aventuram nas drogas através do álcool e do cigarro. Em seguida lhes é oferecida a maconha, com uma roupagem inocente, e por aí o caminho sombrio de dor e destruição se vai formando.

Os danos cerebrais causados pelo fumo são grandes, mas os danos aos centros de energia dos usuários são ainda maiores. O próprio cigarro, vendido de forma lícita, mata milhares de neurônios e predispõe o indivíduo ao chamado Mal de Alzheimer. Suas sequelas costumam apresentar-se muito tempo após o início do uso do cigarro. Se as drogas fossem boas e inocentes, não levaria nossas crianças a uma boca de fumo, nem levaria as pessoas ao vício, ao perigo, à violência, à dependência crescente. A mente desequilibra-se, a vida também. É triste pensar em como as pessoas viciadas se tornam egoístas, sem perceber que sim; a responsabilidade pelo filho também fumar é delas.

Envergonhado, falei:

– Se eu pudesse mostrar ao nosso filho o que vivi, sofri e sofro por causa do cigarro, eu ficaria feliz, pois, quando encarnado, eu não tinha ideia do que aconteceria após a morte do corpo.

Linda respondeu:

– Quem sabe você poderá relatar sua experiência a muitas outras pessoas também? Mas agora, vamos socorrer nosso filho. Vamos providenciar uma conversa entre vocês dois em local salutar no plano espiritual que fará com que ele se sinta bem.

Virou-se para o nosso filho e aplicou-lhe passes vigorosos e carinhosos, ajudou-o a desdobrar de seu corpo físico e aconchegou-o adormecido nos seus braços. Em seguida, seguimos para um lindo campo, com muitas flores, que percebi que emanavam fluidos de saúde e recuperação para doentes como eu e meu filho.

Linda sentou-o em um banco e, com um passe, despertou-o. Ele abriu os olhos, confuso, e, para a minha surpresa, ele viu somente a mim, apesar da presença de todo o grupo.

Ao fixar-me, atirou-se em meus braços, e ambos choramos muito. Diogo, pelo pensamento, lembrou-me de que era hora de cumprir o meu dever.

Olhando para meu filho, disse-lhe apenas:

– Perdão!

– Como assim, meu pai?

– Perdão por ter lhe faltado. Meu filho, escute-me com atenção. O pior erro de minha vida foi ter-me entregado ao cigarro. Lembro-me de quando você, pequeno, pedia que eu parasse de fumar e lhe desse atenção. Mas eu, como quase todos os fumantes, não vi o mal que eu fazia a você e a todos. Filho, eu falhei. Perdoa-me!

– Pai, eu que lhe devo pedir perdão! Viciei-me em tantas drogas que não sei mais como lidar com isso. Meu raciocínio já não é tão claro, e sou um peso para Paulo.

Sério, respondi:

– Querido Jonas, tenho buscado ajuda para você e, há algum tempo, tenho estado ao seu lado. Comprometa-se a largar as drogas para que você se sintonize com a cura e, assim, eu, seu mentor, e vários trabalhadores do Cristo estarão a postos para lhe ajudar a superar as dificuldades que sei serem várias. Mas nada é impossível quando se busca força em Deus. Maria de Nazaré é a nossa divina mãe e nos ajuda como filhos. Peça-lhe forças, e você será atendido.

Ao mencioná-la, meu filho voltou a chorar, dizendo:

– Sinto muita falta de minha mãe...

Nesse momento, Linda adensou sua forma, tornando-se visível para Jonas que, fortemente emocionado, caiu aos seus pés, pedindo-lhe perdão.

Ela levantou-o pelos ombros, abraçou-o e disse:

– Meu amor, meu pequeno! Sempre estive com você, mas suas más companhias não deixavam que você me percebesse. Mude sua sintonia. Seu pai também estará sempre com você, amparando-o. Basta um chamado com o pensamento e estaremos o ajudando. Mas para que você faça jus a todo esse amparo, precisamos saber se você, do fundo do seu coração, se comprometerá a largar as drogas e, com muita fé e força de vontade, a se cuidar e dar o exemplo a outros que também querem largar o vício.

Chorando ainda, Jonas respondeu:

– Mãe, pai... estou vivendo e espalhando um inferno ao meu redor. Estou prejudicando até meu irmão, Paulo, que encontrou uma ótima companheira, mas tem medo de casar-se e de me deixar só. Por isso, peço a vocês e à Maria de Nazaré que me ajudem. Estou limpo há quase dois meses, mas sofro muito. Ajudem-me! É o que mais quero.

E, exausto, caiu em nossos braços. Conduzimos Jonas de volta ao corpo, limpando novamente os miasmas, más energias que estavam em seu corpo e em sua casa. Sua aura ainda apresentava furos energéticos, que, como me explicaram, somente iriam se fechar com muita força de vontade.

Depois de tudo pronto, tomei uma decisão e a informei ao meu grupo: ficaria na casa espírita que meus filhos estavam frequentando, se me fosse permitido, trabalhando lá e ficando ao lado de Jonas até sua recuperação. Queria e precisava redimir-me.

Todos concordaram. Voltariam ao trabalho na Colônia em que vivíamos, mas tendo combinado que o grupo permaneceria na missão. Logo, em qualquer momento de necessidade, nos comunicaríamos através do pensamento e viriam sempre que necessário.

Linda também estaria com a mente atenta a qualquer pensamento de ajuda. Vivia em esfera superior e atenderia ao meu chamado, sempre que preciso.

Diogo ficaria comigo. E, assim, me vi como pai novamente, em espírito, a ajudar, amparar e guiar meus filhos.

Capítulo 14
REERGUER

"(...) porque em verdade vos digo que, se tiverdes fé como um grão de mostarda, direis a este monte: Passa daqui para acolá, e há de passar; e nada vos será impossível". Mateus 17:20.

Passados alguns meses de difícil resgate e recuperação para Jonas, ele já se encontrava bem mais equilibrado.

Certo dia, em uma palestra na casa espírita que me acolheu como trabalhador temporário, o palestrante tocou no tema das drogas, inspirado por um espírito de muita luz.

Fiquei feliz e agradeci a Deus por meus filhos estarem lá naquele dia. Nós aprendemos muito.

O palestrante nos esclareceu sobre a multidão de espíritos desequilibrados que vivem em bares, boates e casas noturnas bebendo e fumando junto aos encarnados:

– E o que é pior: acompanham os encarnados até suas casas, o que desequilibra todo o lar. Muitas vezes, sem estarem conscientes disso, uma pessoa que vai até estes lugares com frequência, envenenam lentamente o lar. Os espíritos desequilibrados que lá se alojam, sugam a vitalidade das pessoas invigilantes, que começam a se irritar facilmente e com qualquer coisa, a brigarem uns com os outros. A alegria e o desenvolvimento das crianças diminuem. Já um verdadeiro alcoólatra, além de deteriorar vários de seus órgãos vitais, como rins, baço, fígado e estômago, afundam a família em crises que podem levar a uma dissolução trágica desta, em meio a muita dor, traumas e sofrimentos.

O cigarro é outra droga criada e trazida diretamente dos abismos, há longas eras para atrapalhar a evolução da humanidade terrestre. Espíritos exilados em nosso planeta elaboraram a droga a fim de deteriorarem o corpo físico, gerarem dependência física e mental e, assim, abreviarem a vida das pessoas, aprisionando-as após a morte e usando-as, até mesmo, em experimentos para suas maldades, fazendo-as sofrerem em verdadeiros campos de concentração espirituais.

E o vício começa facilmente. E começa tanto por influência da mídia, que usam em suas propagandas e filmes mensagens que manipulam as mentes das pessoas para que elas aceitem o cigarro como algo elegante e bonito, quanto, por exemplo, dos próprios pais ou familiares.

Muitas vezes os pais fumantes querem parar, mas lhes faltam persistência coragem e fé. Sem a devida vigilância, eles se sintonizam com espíritos vampiros também viciados que fumam em simbiose com eles. Mesmo alertando seus filhos sobre os danos do cigarro, suas atitudes fazem com que suas palavras não tenham crédito algum. Assim, os jovens curiosos e em geral querendo entrosar-se em determinados grupos ou se exibir para os colegas, experimentam o cigarro e a bebida. Com pouco tempo, estão viciados, apesar de normalmente afirmarem com categoria que conseguem parar a hora que quiserem.

Os adolescentes, em suas mudanças hormonais e emocionais típicas da idade, buscam drogas mais fortes, caindo então no campo das drogas ilícitas. Fumam a maconha, ou 'baseado' afirmando para si mesmos que ela não faz nada de mal, ou que usam só para se acalmar, ignorando a amplitude do mal que estão causando a si mesmos e a quem os ama. O cérebro, principalmente, é o mais lesado, ficando propenso a doenças degenerativas do sistema nervoso ou até a loucura.

Isso, quando a violência que prepondera com as drogas não leva a vida de vários jovens prematuramente. Muitos dizem que a maconha é tão inocente que é legalizada em vários países. Como estão sendo levianos em suas afirmações! Nesses países, a dependência é enorme e a violência idem. Seria importante que esses jovens conhecessem a vida real das pessoas nesses países, que soubessem das famílias destruídas.

E o palestrante continuou discorrendo sobre coquetéis de drogas usados por garotos e garotas nas "festinhas" que compareçem com a autorização dos pais levianos, que nem ao menos procuram informar-se sobre onde seus filhos andam e o que estão fazendo, pois estão preocupados demais em conseguir dinheiro para "dar aos filhos uma vida boa, que não tiveram", sem entender que seus filhos precisam de orientação, atenção e carinho, mais do que uma vida cheia de supérfluos. Com isso, os pais não se importam que seus filhos não estejam em casa, satisfazendo-se com desculpas quaisquer, enquanto eles se perdem em festas que parecem "inferninhos".

Terminou a palestra rogando mais vigilância das pessoas em relação a elas mesmas, e dos pais com relação a seus filhos:

– O Cristo desceu de altíssimos planos para ocupar um humilde lugar entre nós, utilizando um corpo humano para manifestar seu grandioso espírito, para nos ensinar a AMAR a Deus, a nós mesmos e ao próximo. Através dos vícios em drogas não estamos amando a nós mesmos, pois claramente nos prejudicamos; não estamos amando o próximo, pois estamos causando-lhes sofrimento e trazendo espíritos vampiros para junto daqueles que se importam conosco e não estamos amando a Deus, pois, além de não estarmos amando ao próximo como a nós mesmos, não estamos respeitando a lei da vida, que foi dada por Deus, pois estamos abreviando a nossa existência e trazendo mais sofrimento ao mundo.

Ao terminar a palestra, eu estava em lágrimas. Meus filhos se abraçaram, e Jonas chorava. Liliane se abraçou a eles e todos foram para casa.

Toda noite, Jonas passava por um tratamento espiritual. Conversava com psicólogos deste plano; era tratado energeticamente para que conseguisse recuperar o que fosse possível em seu corpo espiritual.

Em algumas noites, conversávamos longamente. Eu lhe contava as dificuldades enfrentadas por mim e das quais eu queria poupar-lhe.

Uma atmosfera de equilíbrio se formou no apartamento em que meus filhos moravam.

As entidades vampiras e viciadas que assediavam Jonas, encontravam uma barreira magnética que os impedia de entrar.

Quando Jonas estava sozinho e elas conseguiam se aproximar, Jonas, sentido fraqueza e tontura, imediatamente, entrava em prece e pedia forças ao Mestre Jesus e à Maria de Nazaré. Também chamava a mim ou a sua mãe e, prontamente, vínhamos socorrê-lo. A sua prece abria, de imediato, passagem para que pudéssemos enviar-lhe bons fluidos que o fortalecessem. Com o tempo, elas desistiram de procurá-lo.

Linda visita os filhos frequentemente; em geral, durante o culto do Evangelho no lar, trazendo inúmeros fluidos benéficos com os quais ela fluidificava a água e alguns alimentos do lar que, quando consumidos, serviam como uma dose extra de energia e confiança.

O grupo formando para a missão de auxílio a Jonas e, porque não dizer, auxílio a mim também, vem sempre que necessário. Trouxe-me, certo dia, a grata notícia de que o local onde eu permaneci estacionado após a morte do corpo físico estava sendo reestruturado por guardiões do Cristo e trabalhadores do bem, resgatando todos os que estavam em condições de retomar seu caminho evolutivo e, os que se apresentavam em completa alienação, eram submetidos a cuidadoso tratamento para o reequilíbrio que pudesse ser restabelecido, pois o mundo está em fase de transição, e, aqueles que, por desequilíbrio, não fossem mais capazes de ocupar novo corpo físico, seriam encaminhados para outros orbes de vibração inferior onde eles poderiam retomar a consciência e a evolução.

Aqueles que ainda não conseguiram largar o mal seriam deportados para o bem deles e por misericórdia divina.

Os que tiverem perseverança, apesar de ainda errarem, tentando melhorar sempre sem jamais desistir de seguir o caminho de Jesus, permanecerão no planeta, que, em breve, albergará apenas aqueles que se comprometerem seriamente com a regeneração.

Pedi permissão para fazer parte daquele trabalho nos planos inferiores de resgate. Assim como um dia fui resgatado, gostaria de retribuir, ajudando quem ainda se encontra perdido de si mesmo por causa do vício das drogas. Minha dedicação junto aos meus filhos e aos trabalhos que estava realizando na crosta, em nome de Jesus, me permitiu ingressar nessas importantes excursões a sítios de dor para desfazê-los e restabelecer a paz, conforme instruções superiores.

Jonas, enfim, retomou os estudos, concluindo o ensino médio através de um supletivo. Ingressou em curso profissionalizante e, com a ajuda de Paulo, conseguiu emprego. Nos finais de semana, Jonas participa de um grupo de apoio a jovens que procuravam afastar-se das drogas e ajuda-os, com seu exemplo de vida, a reassumirem as rédeas de suas vidas e guiarem seus destinos de forma a serem vencedores e a ajudarem o mundo a vencer também.

Paulo e Liliane vão casar-se, cumprindo, portanto, importante tarefa que assumiram antes de reencarnarem, na área da educação.

Com tudo reequilibrado, pude voltar à Colônia a que pertenço, mas agora, como trabalhador ativo. Contudo, continuo amparando minha família terrena.

Ao lembrar de todo o apoio e carinho que recebi para vencer meu vício, minhas próprias limitações, reerguer-me e, depois disso, ter a honra de servir ao próximo, ajudando outros a se reerguerem também, ergo os olhos para o céu e agradeço a Deus. Nessas horas de gratidão e de prece, consigo sentir a doce presença de Jesus olhando por cada um de nós.

Até a pessoa que se considera mais insignificante entre todos os seres humanos recebe o amor e a doce atenção do grande Mestre Jesus. Nunca estamos sós!

E, em prece, agradeço a Deus ininterruptamente, por tanto Amor e para que todos nós consigamos passar naquela porta estreita de que Jesus nos falou; rumo aos seus carinhosos braços abertos para nos acolher sempre que O chamarmos.

Louvado seja Nosso Senhor Jesus Cristo; para sempre!

Leonardo.

Belo Horizonte, 29 de fevereiro de 2012.

Esta obra foi composta com as fontes Minion Pro e Fontin Sans
e impressa em papel off-set 75g/m².